...CULTURE FRANÇAISE

...sition Universelle

RAPPORT

sur

...ION AGRICOLE ...

du Département du Nord

Par M. B... COSSENWINDER.

LILLE

...

Extrait des Archives du Comice agricole
de l'Arrondissement de Lille.

L'AGRICULTURE FLAMANDE

à l'Exposition Universelle de 1867

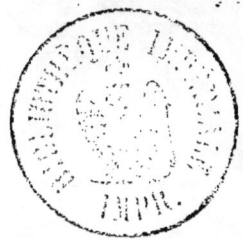

RAPPORT

SUR

L'EXPOSITION AGRICOLE COLLECTIVE

du Département du Nord

Par M. B.ⁱⁿ CORENWINDER.

LILLE

TYP. DE BLOCQUEL-CASTIAUX, GRANDE PLACE, 13

1868

L'AGRICULTURE FLAMANDE

à l'Exposition Universelle de 1867.

RAPPORT

sur l'Exposition agricole collective

DU DÉPARTEMENT DU NORD

Par M. B. Corenwinder.

L'Exposition universelle de 1867 a été pour l'Agriculture de la Flandre Française, une occasion de faire attester sa supériorité sur celle des autres pays. Il importait donc qu'elle prît une part active à cette solennité éclatante qui laissera des traces ineffaçables dans le souvenir des nations.

Aussi le Comité départemental, jaloux de remplir dignement la mission qui lui était confiée, avait-il formé le projet immédiatement après son entrée en fonctions, de provoquer l'établissement d'une Exposition collective des produits de notre agriculture, sur le théâtre où devaient s'étaler les merveilles de l'art et de l'industrie du monde entier.

Persuadé que son initiative patriotique serait accueillie favorablement par le Conseil général à qui est confié le soin des intérêts moraux et matériels du Département, il lui a soumis avec confiance le projet qu'il avait conçu, et a sollicité un subside destiné à couvrir les frais d'installation de cette Exposition. Le Conseil, approuvant la demande du Comité, a bien voulu mettre à la charge du Département les dépenses qui seraient occasionnées par cette œuvre d'intérêt public.

Il appartenait à un corps renfermant dans son sein des hommes éminents dans la science, l'agriculture et l'industrie, de prendre sous son bienveillant patronage une entreprise destinée à faire apprécier l'antique réputation de l'Agriculture flamande, d'en vulgariser les préceptes et les méthodes au profit des populations rurales de tous les pays. Cette manifestation éclairée était digne des représentants d'un pays qui, par des institutions libérales et l'activité de ses habitants, a su élever depuis longtemps l'art de cultiver la terre à un degré de supériorité qui n'est surpassé par aucun peuple laborieux de l'Europe.

Le Conseil général, en acceptant ce patronage, a fait un acte de patriotisme qui a reçu l'approbation de tous les hommes pénétrés de l'amour du bien public et de l'importance du rôle qui est réservé à l'agriculture dans le mouvement civilisateur des temps modernes.

Après ces premières démarches, le Comité départemental a procédé à la nomination d'une Commission chargée de l'exécution matérielle de l'Exposition collective. Cette Commission a été composée des personnes suivantes :

MM. Heddebault, Président du Comice agricole de Lille,
    Tripier-Durieux, Trésorier.   id.,
    Scrive-Wallaert, Propriétaire à Lille,
    Florimond Six, Cultivateur à Wambrechies,
    B. Corenwinder, Chimiste agronome à Haubourdin.

Elle s'est réunie un grand nombre de fois, sous la présidence de M. Ch. Verley, Président du Comité départemental, à l'effet de s'entendre sur l'étendue de ses attributions; elle a fait un appel au zèle des cultivateurs et des agronomes du Département; elle a organisé à Lille d'abord, où les objets ont été concentrés, une Exposition préparatoire, et enfin, lorsque le pavillon destiné à recevoir nos richesses agricoles a été terminé à Paris, plusieurs délégués ont procédé sur le Champ-de-Mars, devenu le Champ-de-Minerve, à l'installation définitive de l'Exposition collective de l'agriculture du Département du Nord.

La disposition adoptée par les Commissaires de notre Exposition agricole pour l'arrangement des produits, avait été combinée de manière à grouper, en divers ensembles, les végétaux similaires avec leurs dérivés industriels. Cette disposition présentait, il est vrai, l'inconvénient de sacrifier l'intérêt particulier de l'exposant, dont les produits étaient disséminés dans des catégories distinctes; mais d'un autre côté, elle permettait de comparer les diverses variétés d'une même espèce et d'en faciliter l'étude. La Commission, mue par un sentiment d'intérêt général, n'a pas cru devoir céder aux réclamations qui lui ont été adressées à ce sujet. L'objet de sa mission était de fonder une Exposition collective, il fallait donc subordonner dans une certaine mesure l'individualité à la collectivité.

Le pavillon qui contenait nos richesses agricoles, avait été établi, comme tout le monde le sait, dans le parc de l'Exposition universelle, en face de l'Ecole militaire, non loin de la porte Dupleix. Construit avec une simplicité qui n'excluait pas une certaine élégance, sur les plans d'un habile architecte de Paris, M. Sanson, il avait la forme d'un rectangle, de vingt mètres de longueur sur dix mètres de largeur. Sa hauteur était en harmonie avec ces proportions. Les murailles construites en mortier aggluttiné étaient recouvertes d'une peinture vert-pâle, qui faisait ressortir convenablement les objets. Il recevait par des claires-voies adaptées dans la toiture, une lumière suffisante qui tamisait à travers un velum en toile blanche.

Sur toute la longueur des murailles, à une hauteur convenable, on avait établi des tables d'un mètre de profondeur. Elles étaient garnies d'une tapisserie bleu-glacé, fixée à l'aide de clous dorés. Ces tables supportaient, sur le premier plan, des échantillons de terres et d'engrais, les grains, graines, racines, tubercules, les produits industriels; et sur la partie postérieure, les gerbes de céréales, les tiges des plantes de diverses natures, les faisceaux de graminées et de fourrages adossés contre la muraille et disposés avec une élégante symétrie. Au centre du bâtiment, des vitrines spacieuses renfermaient des types de plantes textiles : lins bruts, lins de fin, teillés, blanchis, rouis dans la Lys ou dans les eaux stagnantes. Les lins blanchis, d'un éclat soyeux et argenté, faisaient l'admiration de tous les connaisseurs.

En face de la porte d'entrée, une décoration charmante fixait les regards du visiteur. Elle avait été disposée avec beaucoup de goût par M. Porquet-Lefebvre, un des organisateurs de notre Exposition. Sur une tenture d'un bleu-céleste, adaptée contre une large fenêtre, on avait représenté avec des gerbes, des épis de choix, des tiges délicates et frêles, une gigantesque étoile parsemée de points brillants. Elle couronnait une statue de la Déesse antique, qui présidait aux moissons. A la partie inférieure du tableau, une inscription latine pénétrait le spectateur éclairé d'une douce émotion ; elle invoquait le souvenir de Cicéron et rappelait cette époque où, attristé par les discordes civiles qui allaient anéantir la liberté de sa patrie, il avait cherché sous les ombrages de Tusculum, et dans les occupations de la vie rurale, un refuge momentané contre la haine et la proscription.

Rappelons cette inscription qui vivra dans la mémoire des hommes, aussi longtemps qu'ils seront dignes d'apprécier les vertus de l'Antiquité et de les prendre pour modèles :

Nihil est agriculturâ melius, nihil uberius, nihil dulcius, nihil homine libero dignius.

Pour faciliter aux visiteurs l'examen de nos richesses agricoles, les organisateurs les avaient disposées en plusieurs groupes distincts, suivant leur origine, leur nature ou leur destination.

Le premier groupe était composé de quelques types intéressants du sol de notre Département, des engrais naturels ou artificiels, des amendements utilisés pour la culture de nos terres.

Le deuxième comprenait les *plantes économiques*, telles que tabacs, betteraves, chicorée, etc., ainsi que les produits industriels qui en dérivent.

Le troisième : les végétaux donnant les *graines oléagineuses*, ainsi que les huiles et les tourteaux qu'on peut en extraire.

Le quatrième : les *plantes textiles*, chanvres bruts et en filasse, lins bruts, rouis, teillés, blanchis, etc., de diverses provenances et qualités.

Le cinquième : les *plantes féculentes*, telles que pommes de terre, fèves, haricots, pois, etc.

Le sixième : les *plantes fourragères*, c'est-à-dire les produits des prairies naturelles et artificielles.

Le septième enfin comprenait les *céréales*, c'est-à-dire le froment, l'avoine, l'orge, le seigle, etc.., ainsi que les produits que l'industrie peut en extraire, tels que farines, son, gruau, amidon blanc ou azuré, gluten, bière, vinaigre, alcool en flegmes ou rectifié.

Cette profusion de richesses agricoles, disposées avec méthode, frappait d'admiration les cultivateurs de ces contrées arriérées où les blés et les avoines clair-semés dans des champs misérables, atteignent à peine la moitié de la hauteur des nôtres. Des esprits malveillants ont pu suspecter la bonne foi de nos exposants, et prétendre que ces gerbes magnifiques, ces tiges vigoureuses et élancées avaient été triées, choisies et disposées avec art, dans le but d'éblouir et de tromper le public. Le Comité composé d'hommes sérieux se serait opposé à une pareille supercherie.

Nos cultivateurs obtiennent des récoltes superbes, parce qu'ils n'épargnent à leurs terres ni soins, ni labeurs. Ils savent qu'en faisant au sol des avances de travail et d'engrais, onéreuses en apparence, le sol leur donne en retour des récoltes avantageuses, d'abondantes moissons. Les bonnes méthodes de culture sont traditionnelles dans nos campagnes; nos pères, éclairés par un judicieux esprit d'observation, les avaient adoptées longtemps avant qu'il fut question de science agricole.

Animés par l'amour de la liberté qui rend les peuples grands et prospères, les Flamands ont possédé, longtemps avant les autres nations, des franchises municipales dont ils

étaient jaloux , et que les souverains ont respectées par pru-
dence ou par politique. La noblesse chez eux avait peu de
privilèges ; le peuple, exempt de la plupart des charges acca-
blantes qui écrasaient les misérables laboureurs des autres
pays (1) cultivait ses champs en sécurité , parce qu'il
n'avait pas à craindre de perdre le fruit de ses peines et
de ses sueurs. (2)

« La Flandre , a dit le savant agronome Cordier, doit plutôt
ses richesses à de bonnes institutions , qu'à la fertilité de
son sol. Ce pays , affranchi depuis des siècles , de la féodalité
et des impôts indirects , était administré , sans frais , par des
magistrats pris dans son sein. Les campagnes , les villes,
les associations de particuliers , avaient le droit de tout entreprendre , et ont exécuté des canaux de navigation ou de
desséchement , des routes pavées , etc. Par l'influence des
communications nombreuses et faciles , les terres et les récoltes augmentèrent de valeur ; les objets importés dimi-

---

(1) On connait le triste tableau que La Bruyère a fait de la condition des paysans et des laboureurs de son temps :

« L'on voit certains animaux farouches, des mâles et des femelles,
répandus dans la campagne, noirs, livides, et tout brulés du soleil,
attachés à la terre qu'ils fouillent et qu'ils remuent avec une opi-
niâtreté indicible ; ils ont comme une voix articulée , et quand ils
se lèvent sur leurs pieds , ils montrent une face humaine ; et en
effet ils sont des hommes. Ils se retirent la nuit dans des tanières
où ils vivent de pain noir , d'eau et de racines ; ils épargnent aux
autres hommes la peine de semer, de labourer et de recueillir pour
vivre , et méritent ainsi de ne pas manquer de ce pain qu'ils ont
semé. »   LA BRUYÈRE , (Les Caractères).

(2) Le despotisme de la France déprimait l'agriculture ; le gou-
vernement libre des provinces de Bourgogne la chérissait et la
protégeait.   ARTHUR YOUNG.

nuèrent dans le même rapport ; les fabriques , également
favorisées par une liberté étendue et sage et le bas prix des
transports , prospérèrent rapidement. » (*)

Les agriculteurs de la Flandre , n'ont pas beaucoup à apprendre de la science moderne , au point de vue du gou-
vernement de leurs terres. C'est plutôt chez nous , que les
agronomes doivent puiser des leçons , c'est au milieu de nos
fertiles campagnes , qu'il faudrait établir une Académie de
l'agriculture , où de nombreux élèves viendraient se per-
fectionner dans la pratique des choses rurales. Labours profonds , défoncements , aération et assainissement du sol ,
emploi rationnel des engrais , assolements judicieux , etc., nos
pères avaient constaté l'utilité de ces applications , longtemps
avant que les savants modernes eussent démontré qu'elles
sont en harmonie avec les besoins des végétaux.

Aussi notre Exposition collective aurait été incomplète ,
si à côté des objets mis sous les yeux des visiteurs , on
n'avait pas placé les indications nécessaires pour en faire
apprécier le mérite. Chaque gerbe , chaque végétal , portait

(*) « Ce principe , établi par Montesquieu , est confirmé par l'expérience des temps anciens et modernes : toujours la terre la mieux
gouvernée ou la plus libre , fut la mieux cultivée et la plus fertile ;
les rochers de Gênes ou de la Suisse , les marais de la Hollande ,
sont maintenant plus féconds que les terres d'Espagne, de Portugal ,
de Naples , de Rome , les meilleures du monde ; tant la liberté a
d'influence , tant le souffle du despotisme porte avec lui de sté-
rilité. ! »

« Dans tous les temps et sous tous les climats , la terre la plus
féconde , labourée par des esclaves , s'est couverte de ronces , ou
n'a produit que de faibles récoltes ; tandis que le sol le plus ingrat,
cultivé par des hommes libres , en a toujours donné de très-abon-
dantes. »

CORDIER , (Agriculture de la Flandre Française) , page 22 (1823).

une étiquette sur laquelle on avait signalé les quantités de graines employées pour semences , et les rendements obtenus par hectare. Des inscriptions décorées avec élégance , faisaient connaître , d'une façon sommaire , nos meilleures méthodes de culture , les procédés de nos industries rurales , les observations , les expériences et les analyses effectuées par nos chimistes agronomes. A côté de l'exemple on trouvait la démonstration. Les yeux admiraient et l'esprit s'éclairait. En un mot , notre Exposition collective était une véritable École d'agriculture , et souvent nous avons vu avec satisfaction des jeunes gens studieux annoter les renseignements qu'on leur avait offerts. Plusieurs savants éminents , en nous adressant leurs bienveillants éloges , nous ont témoigné le désir de posséder ces documents , et c'est pour leur être agréable et faire en même temps une chose utile , que nous les avons reproduits dans notre rapport.

La plupart des agronomes qui habitent le Département du Nord , et d'autres personnes qui ont écrit sur notre Agriculture , ayant mis à notre disposition des mémoires ou des ouvrages qui la concernent , nous les avons placés sous les yeux du public et en avons distribué à un grand nombre de personnes qui nous en ont fait la demande. Nous ne pouvons énumérer ici tous ces travaux , il suffit pour en faire apprécier le mérite de dire qu'ils émanent de savants , d'agronomes et de praticiens qui honorent notre Département , et qui , par leurs écrits ont rendu d'éminents services à la science agricole. (*)

(*) Mentionnons cependant à titre de renseignement quelques-unes de ces publications :

MM.

F. Kuhlmann.	Expériences chimiques et agronomiques.
Girardin.	Mémoires sur l'agriculture.

Pendant la durée de l'Exposition, le Comité, représenté par l'un ou l'autre de ses membres, s'est fait un devoir de donner aux visiteurs les renseignements qui pouvaient les intéresser sur nos méthodes agricoles, et il a distribué aux amateurs des semences et des graines. Enfin, à la clôture de la grande solennité qui avait appelé à Paris des habitants du monde entier, les richesses agricoles qui avaient été bien des fois admirées et convoitées dans notre pavillon, furent en grande partie accordées gratuitement à des Écoles d'agriculture et à des musées français et étrangers. Ces dons avaient été autorisés, bien entendu, par les exposants eux-mêmes.

L'Exposition universelle de 1867 a été un des grands événements du dix-neuvième siècle. Cette solennité imposante a prouvé au monde entier que la France peut déposer son épée, et briller parmi les nations par le génie des arts, des sciences et de l'industrie. Elle a fait pressentir aux peuples attentifs, que la solidarité de leurs intérêts doit les convier à former une sainte alliance, pour opposer le drapeau de la paix et du travail aux orgueilleux étendards de la guerre et de la destruction. Le rêve du vertueux abbé de Saint-Pierre ne sera plus relégué parmi les chimères, lorsque ces fêtes de l'intelligence se seront succédé sur tous les points du globe. Alors les hommes seront convaincus que la nation la plus

---

BARRAL.	L'Agriculture du Nord de la France.
MEUREIN.	Observations météorologiques.
LOISET.	Aperçu de la production agricole du département du Nord.
J. MARIAGE.	L'Industrie sucrière à l'Exposition universelle.
A. DE NORGUET.	Mémoires d'Histoire naturelle.
JULIEN LEFEBVRE.	Réminiscences d'un agriculteur, etc.
J. DALLE.	Mémoires sur la culture et la fabrication du lin.
LECAT-BUTIN.	Notes sur divers sujets d'agriculture.
BAUCARNE-LEROUX.	Le laboureur flamand.

glorieuse est celle qui, dédaignant de funestes préjugés, saura créer de sages institutions et profiter des enseignements de la science pour développer les sources de la production.

L'agriculture contribuera puissamment à amener ce progrès immense que les cœurs généreux appellent de tous leurs vœux. L'homme, en comparant les préoccupations fécondes de la vie rurale aux agitations stériles de la vie militaire, finira par se convaincre, que celui là seul est vraiment utile qui sait féconder le sol pour nourrir ses semblables, et fournir à l'industrie de nombreux éléments d'activité.

La paix sera bien rarement troublée parmi les peuples, lorsque, éclairés par une saine philosophie, ils sauront que le travail, la tolérance et la liberté sont les seuls gages de leur sécurité. Alors peut-être, les chefs des nations, cédant au sentiment universel, seront-ils pénétrés aussi de cette vérité que les conquêtes pacifiques engendrent seules une gloire imprescriptible, et ils inscriront sur le frontispice de leurs palais, ces belles paroles du fondateur de la République Américaine :

« La tâche de cultiver la terre et de multiplier ses produits est plus douce et plus satisfaisante que la vaine gloire de la ravager. » (*)

(*) *Washington*. Lettre à Sir Arthur Young.

ASPECT GÉNÉRAL

DU DÉPARTEMENT DU NORD [*]

GÉOGRAPHIE.

Le département du Nord est situé entre 49° 58' et 51° 5' de latitude. Il est traversé par le méridien de Paris.

Formé de l'ancienne Flandre française, d'une partie du Cambrésis et du Hainaut français, il comprend en outre quelques communes de l'Artois et du Vermandois. Sa superficie totale, est de 568,087 hectares. Les limites sont : au N. O., la Manche ; au N. E., la Belgique ; au S. E., le département de l'Aisne ; et au S. O., les départements de la Somme et du Pas-de-Calais. Il s'étend du N. O. au S. E., et sa longueur, prise de Dunkerque jusqu'à Baive, commune située au delà de Trélon, à l'extrémité de l'arrondissement d'Avesnes, est d'environ 200 kilomètres. Sa largeur est très-variable, elle est au maximum de 64 kilomètres et au minimum vers Armentières, où elle se réduit à 5 kilomètres seulement.

CONFIGURATION DU SOL.

Le département du Nord est un pays de plaines sur-

[*] La plupart de ces premiers documents sont extraits de l'Annuaire du Département du Nord, publié par MM. Devaux, père et fils.

montées de quelques éminences peu importantes. La plus
élevée est celle de Bonavis, à 145 mètres au-dessus du
niveau de la mer. Le Mont de Cassel, dans l'arrondissement
d'Hazebrouck, n'a que 110 mètres de hauteur. Dans l'arrondissement d'Avesnes, le pays est sillonné de nombreux
côteaux, qui lui donnent un aspect pittoresque.

CANAUX, ROUTES, CHEMINS DE FER.

Les canaux et rivières navigables qui coulent dans le
département du Nord, sont au nombre de vingt-sept et
forment ensemble un développement de 525 kilomètres. Les
plus importants sont :

L'Escaut, qui prend sa source dans le département de
l'Aisne, et traverse les arrondissements de Cambrai et de
Valenciennes. Il sort de notre département à Mortagne.

La Scarpe, qui prend sa source dans le Pas-de-Calais, et
la Sambre qui traverse l'arrondissement d'Avesnes.

Les routes pavées et empierrées du département sont au
nombre de quarante-et-une, dont quinze routes impériales
et vingt-six départementales. Les premières ont un développement total de 590 kilomètres, les secondes de 516 kilomètres. Outre ces voies principales, le territoire est sillonné
encore d'un grand nombre de chemins vicinaux de grande
communication et d'intérêts communs.

Enfin, le réseau des chemins de fer actuellement en exploitation, occupe une longueur de 398 kilomètres. De nouvelles lignes sont en projet ou en cours d'exécution.

Ces nombreuses voies de communication ont contribué
puissamment à la prospérité du département. Elles favorisent
en même temps l'agriculture, l'industrie et les relations
commerciales.

CLIMAT.

Le voisinage de la mer, les marais, rivières, canaux, ruisseaux qui parcourent notre sol peu élevé, sont les causes qui entretiennent dans notre atmosphère une grande humidité. Cependant, il semble que depuis quelques années, les pluies soient moins abondantes. Faut-il croire que les nombreux défrichements qui ont été effectués chez nous, ont exercé une influence marquée sur les phénomènes météoriques. Il n'est pas douteux que les orages sont moins fréquents qu'autrefois dans nos contrées, et qu'il y règne quelquefois des sécheresses assez opiniâtres.

CONSTITUTION GÉOLOGIQUE DU SOL.

Les terrains qui forment la croûte superficielle du département du Nord, appartiennent à diverses périodes. Nous n'en dirons que quelques mots, pour ne pas nous écarter de notre sujet.

Terrains récents (*Tuf, Alluvions de rivières,* *Tourbe, Dûnes*) (*)

Les sols tourbeux existent dans les vallées de la Marque, de la Deûle, de la Scarpe et de la Sensée. Ils forment dans

---

(*) Ces détails sont empruntés à un tableau géologique qui nous a été obligeamment communiqué par M. Gosselet, Professeur à la Faculté des Sciences de Lille.

Ce savant avait bien voulu confier à la Commission une collection de roches, terrains, fossiles du Département, qui figurait à notre Exposition parmi les objets du premier groupe.

l'arrondissement de Dunkerque, les Waeteringues et les Moëres qui ont été conquis sur la mer, par l'activité et l'industrie de nos ancêtres.

Le Tuf ne se trouve que dans des vallées très-peu étendues, aux environs de Solesmes et d'Artres.

Les Dunes, formées d'un sol sablonneux presque stérile, s'étendent sur le littoral de la mer du Nord.

Terrain diluvien.

Il forme à lui seul presque tout le sol du département. La partie plus argileuse est très-fertile et propre à la culture des céréales, celle qui est sablonneuse n'a pas autant de fertilité.

Terrains tertiaires (*Pliocène, Miocène, Eocène*).

L'étage Pliocène couronne les sommets des collines de l'arrondissement d'Hazebrouck, il est formé d'un sol sablonneux couvert de bois. Sur le Mont Cassel, le terrain plus argileux appartient à la période Miocène.

L'étage Eocène formé de terrains sablonneux, argileux et caillouteux, se rencontre particulièrement à Bailleul, Cassel et à Mons-en-Pévèle (arrondissement de Lille).

Terrains secondaires (*Etages de la Craie et du Gault*).

Sur le plateau situé au sud de Lille entre cette ville et Pont-à-Marcq, on trouve le terrain crétacé qui existe encore dans quelques localités des arrondissements de Douai, Cambrai et Avesnes. Tantôt la craie est recouverte par l'argile du limon, elle forme un sous-sol perméable, sec ; ce terrain est très-propre à la culture des blés, des sainfoins, du trèfle,

Fl.   B etc. D'autres fois, notamment dans les arrondissements de Valenciennes, Cambrai et Avesnes, le sous-sol est imperméable et contient des sources nombreuses.

Terrain primaire (*Carbonifère et Dévonien*).

Ce terrain existe particulièrement dans l'arrondissement d'Avesnes. Lorsqu'il affleure à la surface, il constitue un sol très-peu fertile, surtout dans les parties schisteuses, il est alors couvert de bois. Dans la région centrale du même arrondissement, la terre est formée par une argile résultant de la désagrégation des schistes, elle est froide, humide et recouverte de prairies naturelles. L'étage Dévonien, particulier à cette contrée, fournit à l'industrie des grès à paver, du marbre, du minerai de fer, de la pierre de taille et des matériaux pour empierrer les chemins.

La constitution variable du sol des sept arrondissements du Nord, a déterminé nécessairement des différences notables dans la répartition des cultures.

Le sol schisteux et argileux de l'arrondissement d'Avesnes, sur la rive droite de la Sambre, présente des obstacles à sa mise en culture, mais l'herbe y croît avec beaucoup de facilité. Les prairies y sont d'une fertilité excessive et donnent des fourrages de première qualité. La valeur vénale de ces prairies atteint un prix très-élevé. Aussi cette contrée est-elle essentiellement consacrée à la culture pastorale.

On retrouve encore cette culture dans une partie de l'arrondissement d'Hazebrouck, et près du littoral de la mer du Nord. Les terres, dites Waeteringues, gagnées sur la mer par des travaux de desséchement entrepris depuis des siècles , sont couvertes de riches pâturages. En outre , le lin y devient fort beau ; les céréales , les fèves , s'y développent avec vigueur.

Dans les arrondissements de Douai, Valenciennes et Lille, la culture des plantes industriélles est plus développée que dans les autres parties du Département. La betterave, qui alimente de nombreuses sucreries et distilleries , a apporté des perfectionnements considérables dans l'art de cultiver la terre. Elle a contribué notamment à élever le rendement et la qualité des céréales , elle a retenu dans les champs une nombreuse population rurale certaine de trouver du travail pendant la saison rigoureuse. .

L'arrondissement de Lille est le centre de la culture intensive, lins , tabac, graines oléagineuses , céréales , prairies artificielles , etc., on rencontre dans ses fertiles campagnes , toutes les plantes usuelles que le climat permet de cultiver et que l'industrie sait exploiter. Héritier des saines traditions de l'agriculture flamande , le cultivateur lillois ne craint pas de faire des avances au sol qu'il aime , parce qu'il sait que sa confiance ne sera pas trompée.

En parlant des cultures spéciales , nous dirons comment elles se répartissent dans les divers arrondissements du Nord. Pour le moment nous nous bornerons à indiquer, dans le tableau suivant , les étendues relatives de terrains qui sont occupées dans notre Département par les céréales , les cultures industrielles , les prairies naturelles , artificielles , etc.

ÉTENDUES RELATIVES DES TERRAINS

cultivés en Céréales , Pâturages el Cultures industrielles

DANS LE DÉPARTEMENT DU NORD.

	hectares	Quotités pour cent
Froment d'hiver et de printemps , épeautre.	138,877	24,4
Méteil, (Mélange de Seigle et de Froment) .	2,609	0,5
Seigle.	9,996	1,8
Orge d'hiver et d'été.	12,245	2,2
Sarrasin.	48	0,0
Avoine.	48,916	8,6
Pommes de terre.	18,940	3,3
Prairies naturelles.	91,005	16,0
id. artificielles.	34,686	6,1
Graines oléagineuses , (colza , œillette , camélines , etc).	16,723	2,9
Betteraves.	25,334	4,5
Plantes textiles , chanvre , lin. . . .	16,363	2,9
Tabac.	942	0,2
Houblon.	1,198	0,2
Féverolles , chicorées , carottes , navets , haricots , pois , vesces , etc. . . .	31,459	
	449,349	
Routes , canaux , vergers , jardins , forêts , bois , etc.	118,738	
	568,087	

EXAMEN DES PRODUITS

et des documents exposés

Premier Groupe.

SOLS, AMENDEMENTS, ENGRAIS, ETC.

Nous allons passer maintenant à l'examen des produits qui ont figuré à l'Exposition agricole du Nord. Nous en mentionnerons les particularités les plus remarquables, et nous reproduirons les documents mis sous les yeux du public, en les développant avec tous les détails nécessaires.

Commençons par le premier groupe, qui comprenait les sols arables, les amendements, engrais, etc.

SOLS FERTILES.

Nous avions eu l'intention d'offrir aux visiteurs des renseignements circonstanciés sur la nature des sols arables de notre Département, leur consistance, leur composition chimique et leur degré de fertilité acquise, mais le temps nous a manqué pour donner suite à ce projet. Nos documents à cet égard sont peu nombreux. Néanmoins nous allons les reproduire, afin qu'on puisse juger de l'intérêt que présenterait une pareille étude.

Dans un des cantons les mieux cultivés du Département, celui de Bourbourg, dans l'arrondissement de Dunkerque, les sols arables sont divisés en plusieurs classes suivant leur fertilité acquise et les récoltes qu'on peut en obtenir. Leur valeur vénale et locative est fondée sur ces divisions qui ont été établies par l'expérience et par la tradition.

Monsieur de Meunynck, Président de la Société d'agriculture de Bourbourg, a bien voulu nous adresser, dans des cubes en fer blanc, douze échantillons de ces terrains pris dans des champs d'une fertilité variable situés aux environs de cette ville. Ces types ont figuré dans le premier groupe, ainsi que les renseignements que nous devons à cet honorable agronome.

Voici la légende qui accompagnait ces échantillons :

Les terrains du canton de Bourbourg sont divisés en quatre classes.

Dans la première classe, on range les terres de haute fertilité, pouvant donner d'abondantes récoltes pendant environ vingt-cinq ans, sans recevoir aucune fumure. Ces champs proviennent d'anciens pâturages défrichés depuis une époque plus ou moins éloignée.

La deuxième classe comprend les terres qui donnent des rendements élevés, à l'aide d'une fumure ordinaire appliquée tous les trois ans.

La troisième se compose de terrains dont la couche végétale a peu d'épaisseur, et qui ont besoin de beaucoup d'engrais pour produire d'abondantes récoltes.

Dans la quatrième classe sont rangés les sols ingrats, pauvres, ayant peu de couche végétale et qui ne donnent que de faibles récoltes, même avec une forte fumure.

La nature physique de ces sols est très-variable, ils sont compacts ou de faible consistance, les uns argileux, d'autres sablonneux. Il serait intéressant d'en faire l'analyse. Des recherches poursuivies attentivement sur ce sujet, pourraient nous apprendre quels sont les éléments qui composent un sol fertile, et ceux qui manquent dans celui qui ne l'est pas. Une pareille étude jetterait du jour, peut-être, sur la question qui préoccupe en ce moment le monde savant : connaître la part qu'il faut attribuer aux corps organiques et inorganiques dans la fécondité du sol.

Le territoire de Bourbourg a été conquis sur la mer. Une association intelligente, fondée depuis des siècles dans ce pays, et connue sous le nom d'Administration des Waeteringues, a fait établir des barrages sur les côtes du littoral, creuser des canaux, bâtir des écluses et des ponts, construire des chemins, et elle a desséché la contrée en ouvrant de larges fossés qui sont mis en communication avec des canaux dérivant à la mer.

Les services rendus par l'Administration des Waeteringues sont immenses. Les résultats obtenus témoignent hautement du degré de puissance que peut acquérir l'initiative d'une association qui est mue par un même sentiment, et qui agit dans un but d'intérêt collectif. On est frappé d'étonnement en apprenant que les frais d'entretien de tous ces grands travaux d'utilité publique, sont couverts par une faible contribution de quatre francs par hectare à laquelle s'assujettissent les intéressés.

TERRE DES ENVIRONS DE LILLE.

Au Nord de la ville de Lille, en se dirigeant vers les communes de Wambrechies, de Quesnoy-sur-Deûle, le sol est argilo-siliceux, de consistance variable. On l'améliore souvent par des chaulages qu'on pratique tous les six à sept ans.

Ayant reçu depuis un temps immémorial du fumier de ferme en abondance, des engrais liquides et des tourteaux de graines oléagineuses, il a acquis une fertilité supérieure, qui tend à augmenter plutôt qu'à diminuer, à cause de la libéralité avec laquelle des fermiers intelligents prodiguent les engrais à leurs champs.

D'après les recherches de plusieurs chimistes, les terres de cette localité renferment une proportion très-notable d'acide phosphorique. Elles sont pauvres en calcaire, ainsi que l'avait déjà remarqué Cordier en 1823. On y trouve peu de substances organiques, aussi les engrais d'origine animale ou végétale leur sont-ils nécessaires.

Nous avons effectué dans l'arrondissement de Lille, de nombreuses expériences à l'effet de découvrir si l'on peut augmenter le rendement des terres, en y répandant des phosphates dépourvus de matières organiques, notamment du biphosphate calcaire. Les résultats ont été constamment négatifs. Il serait évidemment irrationnel d'en conclure que ces matières minérales ne sont pas utiles à la végétation. On doit admettre simplement, que lorsque le sol recèle chacun des éléments alibiles des plantes en quantité suffisante pour leurs besoins, il est inutile d'ajouter un excès d'un de ces éléments.

A ce sujet, nous mentionnerons l'opinion judicieuse que le savant illustre, M. Liebig, a exprimé dans un de ses meilleurs ouvrages : « *Les lois naturelles de l'Agriculture.* »

« Toute terre contient un *maximum* d'un ou de plusieurs éléments nutritifs, et un *minimum* d'un ou de plusieurs autres. Que ce minimum soit de la chaux, de la potasse, de l'azote, de l'acide phosphorique ou toute autre substance, c'est toujours de lui que dépendent les rendements ; il règle et détermine l'abondance ou la durée des récoltes. »

« C'est ainsi, par exemple, que si ce minimum était de la chaux ou de la magnésie, les récoltes en grains et paille, en racines , en pommes de terre ou trèfle , resteraient les mêmes et n'augmenteraient pas , quand bien même on augmenterait au centuple les quantités de potasse , de silice , d'acide phosphorique, etc., qui se trouvent dans le sol. Mais dans un tel champ, les récoltes s'accroîtront par une simple fumure avec de la chaux. »

Dans les sols où nous avons répandu des phosphates , ces sels s'y trouvaient déjà en proportion suffisante ; pour rendre actif l'excès ajouté , il aurait fallu y appliquer aussi d'autres substances: azote, potasse, qui auraient rendu ces phosphates utilisables en le devenant elles-mêmes. En un mot, un engrais pour agir avec efficacité , doit contenir l'ensemble des corps destinés à la nutrition des plantes , ou il doit être complémentaire de ceux qui résident déjà dans le sol arable.

D'après une communication faite récemment à la Société d'Agriculture de France, par un jeune voyageur, M. Champion, (*) il paraît que les terres de la Chine contiennent également une forte proportion d'acide phosphorique. On sait que les Chinois , mieux avisés que certains peuples qui croient les surpasser en civilisation, versent sur leurs champs , depuis un temps immémorial , les excréments humains recueillis dans les villes. Les Flamands , d'après une coutume qui se perd dans la nuit des temps , suivent le même usage. Il n'est pas surprenant dès lors que, dans l'un et l'autre cas, les terres de ces deux contrées éloignées contiennent de l'acide phosphorique en proportion très-sensible.

_____

(*) Ce savant est aujourd'hui Chef des travaux chimiques , au Conservatoire des Arts et Métiers , à Paris.

CHAUX DE LILLE.

Un échantillon de la chaux des environs de Lille figurait à notre Exposition. Il n'avait certainement aucun intérêt par lui-même, mais il a donné l'occasion de mentionner le mode d'emploi de cette matière pour l'amendement des terres, dans certaines contrées de notre Département.

Dans les sols assez consistants, on emploie la chaux dans la proportion de 110 hectolitres par hectare. Cette quantité est plus forte encore dans les terrains très-humides.

Il est remarquable que près de Lille, on trouve avantageux de mettre de la chaux même dans certaines terres marneuses. En ce cas, on l'emploie dans une proportion moindre, soit 60 à 70 hectolitres par hectare.

La chaux est appliquée sur les terres tous les sept à huit ans, généralement au mois de juillet après la récolte des lins. On la laboure en terre huit à dix jours après, et on sème des navets qui sont ordinairement fumés avec 110 à 160 hectolitres d'engrais flamand par hectare.

D'autres fois la chaux est répandue entre deux coupes de trèfle au mois de juin. Si l'on ensemence du blé à l'automne suivant, celui-ci n'a pas besoin d'être fumé.

En certaines contrées de l'arrondissement de Lille, on applique la chaux après la récolte des céréales, et l'on fait succéder des colzas ou l'on sème des betteraves au printemps.

Il faut surtout éviter de chauler les terres sur lesquelles on se propose de cultiver dans un temps rapproché du tabac ou du lin.

La chaux est nécessaire dans les terrains lourds, compacts, formant croûte à la surface, empêchant l'action de l'air sur les racines et faisant obstacle à leur ramification ; mais elle est nuisible dans les sols faciles à ameublir et qui ont déjà de la porosité. Dans ces derniers, les végétaux naissants sont exposés à périr , ils deviennent souvent la proie des vers , insectes , myriapodes , etc. qui circulent facilement dans les interstices ouvertes de la terre. Aussi faut-il dans ces conditions comprimer (rassir) le sol ; en temps opportun, avec de forts rouleaux en bois ou en fer. La chaux est donc un agent qui doit être utilisé avec discernement et dans des circonstances convenables. Employée mal à propos, elle occasionne beaucoup de mécomptes au cultivateur et compromet souvent ses récoltes à leur début.

WAGAGES.

On nomme Wagages dans l'arrondissement de Lille , le limon qu'on extrait des rivières.

Les riverains du canal de la Deûle en font un grand usage pour amender et fumer leurs terres.

Cet engrais est retiré de la rivière à l'aide d'une drague , et versé dans des bateaux plats. On le met ensuite en dépôt sur le sol. On l'y accumule en tas d'un mètre de hauteur, et on le laisse sécher à l'air pendant plusieurs années avant de l'employer.

Quand on se propose de le répandre sur le sol , on y mélange , souvent quelques mois à l'avance , une certaine proportion de chaux vive. Cette addition , fort avantageuse , réchauffe l'engrais et en augmente l'effet.

On emploie généralement 5 à 600 hectolitres de Wagages par hectare , qu'on répand sur les champs au mois de juillet après l'arrachage du lin. Cette matière fertilisante , qui agit en outre comme un amendement , est surtout avantageuse pour la culture des navets et des colzas. On en met fréquemment aussi entre deux coupes de trèfle.

M. Boussingault a fait l'analyse de cet amendement. Dans un kilogramme de Wagages extrait depuis quatre ans, il a trouvé :

Nitrates. (Exprimés en nitrate de potasse). . . 0,112
Ammoniaque tout formé 0,030
Acide phosphorique. 5,000
Chaux. 48,600
Azote appartenant à des matières organiques. . 2,685

Dans du Wagage extrait depuis une année seulement, ce savant n'a trouvé que 0,021 de nitrates. Par l'exposition à l'air, cette matière se nitrifie donc dans une proportion sensible, c'est ce qui exalte probablement son pouvoir fertilisant.

ÉCUMES DE DÉFÉCATION DES SUCRERIES.

Cet engrais est fort recherché par les cultivateurs intelligents. Appliqué en hiver sur les prairies, il les féconde puissamment. En raison de la grande quantité de chaux qu'il contient, il fait périr les prêles, les mousses, les rumex et toutes les plantes acides qui croissent dans les terrains humides. Employé avec discernement pour les betteraves, il ne leur porte aucun préjudice comme plante à sucre. Dans le Nord, on le répand fréquemment sur les sols qu'on vient de dépouiller d'une récolte de lin, on l'enterre par un léger labour et l'on sème des navets. Souvent aussi, on le met sur les trèfles, entre deux coupes.

Suivant les circonstances et la nature des terrains, on emploi cet engrais dans une proportion qui varie de 30 à 50,000 kilos par hectare. C'est surtout dans les sols compacts qu'il offre des avantages. Il les ameublit en même temps qu'il les fertilise.

Nous avons fait il y a quelques années, une analyse des écumes de défécation fraiches. Elles avaient la composition suivante :

Eau.	52, 70	
Sucre	3, 50 (*)	
Matières azotées (albumine, etc).	3, 72	
Matières organiques, non azotées. . . .	9, 24	
Phosphate de chaux.	4, 77	
Chaux, silice, fer, etc.	26, 07	30, 84
		100, 00

Ces écumes fraiches contenaient 0,596 pour cent d'azote. En ne prenant en considération que ce dernier élément, 1000 kilos d'écumes récemment fabriquées valent plus que 100 kilos de tourteaux.

Ces écumes avaient été obtenues dans une fabrique, qui emploie environ 90 litres de lait de chaux à 20° Baumé par chaudière de défécation ayant 16 hectolitres de contenance.

RÉSIDUS DES SUCRERIES ET DES DISTILLERIES.

Indépendamment des écumes de défécation, les sucreries de betteraves disposent encore d'une grande quantité d'engrais qui proviennent du lavage des betteraves et du noir animal. Aussi est-il toujours avantageux pour un fabricant de sucre,

---

(*) La proportion de sucre varie nécessairement dans les écumes suivant leur état d'humidité, la richesse des betteraves, l'eau qu'on a mise à la râpe et la quantité de chaux employée à la défécation. Dans les écumes fabriquées avec les filtres presses, nous avons trouvé à plusieurs reprises de 1,5. à 1,7. pour cent de sucre.

d'être maître des champs voisins de son usine, pour les fertiliser avec ces résidus.

Cette situation est plus nécessaire encore pour le distillateur, qui produit des résidus de fabrication en quantité considérable.

En principe, il est toujours utile de restituer à la terre les matières salines qui lui ont été enlevées par les récoltes. On ne peut donc qu'approuver les distillateurs, tels que M. Heddebault, Président du Comice agricole de Lille, qui, dans son exploitation située à Houplin (Nord), a pris des dispositions très-judicieuses, pour arroser ses champs avec les vinasses de sa distillerie de mélasse.

M. Heddebault avait envoyé à l'Exposition une aquarelle représentant l'ensemble des irrigations à l'aide des vinasses qu'il a établies sur les terres avoisinant son usine. Au sortir des appareils distillatoires, ces résidus sont conduits par des nochères suspendues, dans un réservoir situé à quelques centaines de mètres de distance ; de là, ils sont distribués par des rigoles entre les lignes de betteraves, et ils leur communiquent une végétation luxuriante.

Les vinasses, provenant de la distillation des mélasses, sont des matières très-fertilisantes, ainsi que l'ont constaté plusieurs cultivateurs.

D'après un chimiste, M. Pfeiffer, ces liquides, dans l'état où ils sortent des appareils à distiller, peuvent contenir environ 4 millièmes de salpêtre. Outre cet élément fertilisant, on y trouve encore des sels ammoniacaux, de la potasse, de la soude, une faible proportion de phosphates, etc, il n'est pas étonnant dès lors qu'ils agissent puissamment sur les récoltes.

Il est donc très-utile que ces matières qui viennent du sol lui soient restituées, puisqu'elles ont servi antérieurement au développement des plantes.

Malheureusement , tous les distillateurs n'étant pas propriétaires des champs qui entourent leurs établissements ,
ne peuvent utiliser eux-mêmes les vinasses qu'ils produisent.
En ce cas , il serait à désirer que les cultivateurs du voisinage
vinssent les chercher dans des tonneaux , pour les répandre
sur leurs terres. Nous ne doutons pas qu'ils trouveraient un
avantage à employer ces engrais.

Il est vrai que les frais occasionnés par le transport de
matières si étendues d'eau deviennent fort onéreux , et que
dans bien des circonstances , peut-être , le cultivateur ne serait
pas payé de ses peines et de ses débours. Cependant , nous
faisons remarquer que l'on transporte à de grandes distances
les matières excrémentitielles qui n'ont généralement pas une
densité supérieure à celle des vinasses. L'expérience mérite
donc d'être tentée dans beaucoup de localités.

Le cultivateur qui acheterait des vinasses de distillerie ,
pourrait s'en servir avec avantage pour arroser ses fumiers , ou les appliquer directement sur ses champs. Les
récoltes qui se trouvent bien de cette matière fertilisante
sont particulièrement les prairies, les colzas, les légumineuses
telles que trèfle , sainfoin , minette , etc. On peut en répandre
aussi dans les champs que l'on se propose de consacrer aux
betteraves , mais si l'on destine celles-ci à la fabrication du
sucre , il convient d'en user avec modération , car il est incontestable qu'il faut toujours éviter d'enrichir ces racines
en matières salines qui , quoiqu'on en ait dit , n'augmentent
pas leur teneur en sucre et nuisent à la cristallisation de ce
principe immédiat. (*)

(*) Un habile distillateur belge, M. Raymond Rodenbach, à Roulers,
a établi, au pied de ses étables , d'immenses citernes bien étanches
pour recevoir les urines du nombreux bétail qu'il nourrit principa-

DÉCHETS DE LAINE.

Ces résidus de la fabrication des laines sont employés avec avantage pour la fertilisation des terres dans l'arrondissement de Lille. Leur prix est de 6 fr. 50 les 100 kilogrammes. On en met environ 2000 kilos par hectare.

M. Meurein, professeur de Chimie à Lille, a fait une analyse de ces déchets et il leur a trouvé la composition suivante :

Eau.	9, 50
Matières grasses.	10, »
Laine, débris végétaux, etc.	53, 10
Chaux, potasse, soude, acide phosphorique, etc.	27, 40
	100, 00

Cent parties de ces déchets contiennent 5, 67 d'azote. Cet engrais est donc aussi riche que le tourteau. Sa décomposition dans le sol est plus lente, mais son effet se fait sentir pendant plusieurs années.

---

lement avec de la drêche de sa distillerie de grains. On produit simultanément de l'alcool dans son usine, avec de la betterave ou de la mélasse. Tous les résidus de la distillation de ces derniers produits, c'est-à-dire les vinasses, sont envoyés également dans ces citernes où ils se mêlent avec le purin, et les cultivateurs se font inscrire pour prendre livraison de ce mélange de liquides fertilisants, qu'ils paient de vingt à vingt-cinq centimes l'hectolitre.

ENGRAIS ARTIFICIELS.

La fabrication des engrais artificiels n'a pas pris un grand développement dans le département du Nord, parce que depuis une époque éloignée on y fait un usage intelligent de l'engrais liquide, du fumier et des tourteaux de graines oléagineuses. Aussi, ne vit-on figurer dans le pavillon de l'Exposition du Nord qu'un petit nombre d'échantillons de ces engrais.

M. Kuhlmann a exposé des superphosphates préparés dans son usine de Loos, qui contiennent :

25 à 27 pour cent de phosphates solubles.
4 à 5 pour cent de phosphates insolubles.

Ces produits ne trouvent pas de débouchés dans le département du Nord, ils sont expédiés dans l'intérieur de la France ou dans l'Ouest. Les essais de culture qu'on a effectués dans l'arrondissement avec des phosphates n'ayant jusqu'à présent donné aucun résultat.

M. Castel Henri, de Fives, a présenté des échantillons de substances fertilisantes qui contiennent des proportions variables d'azote et de phosphates. Voici les chiffres qui étaient indiqués sur les bocaux:

Engrais animal N.° 1.   8 % d'azote, 10 % de phosphates.
»   » 2.   6 % id.   25 %   id.
Os pulvérisés. .   . 4 % id.   50 %   id.
Noir animal. .   .   . 1 % id.   60 %   id.

ENGRAIS FLAMAND.

Personne n'ignore que les excréments humains sont utilisés depuis un temps immémorial dans le département du Nord, pour la fertilisation des terres ; on peut attester que c'est principalement à cet engrais, que l'agriculture de cette contrée doit son incontestable supériorité.

Le fermier flamand se moque avec raison de ces cultivateurs pusillanimes qui, dans la plupart des contrées de l'Europe, ont pour les matières excrémentitielles une répugnance invincible, et qui se croiraient déshonorés s'ils recueillaient ces engrais précieux pour en fumer leurs champs. Il serait bien plus autorisé encore à penser ainsi, s'il savait que les gens qui ont ces faiblesses, vivent souvent dans des habitations malsaines, rarement nettoyées et qui répandent jusqu'au dehors une odeur infecte.

Dans nos contrées, l'engrais liquide est recueilli précieusement dans des citernes cimentées, bien étanches, d'où on ne le retire que pour le porter dans les champs. Au contraire, presque partout ailleurs on le laisse s'écouler dans les cours d'eau ou s'infiltrer dans le sol. Souvent il pénètre dans les nappes souterraines qui servent à l'alimentation des hommes et des animaux. La pompe aspire cette eau et la ménagère en fait usage pour cuire les légumes et préparer le bouillon. Nos praticiens du Nord nous paraissent mieux avisés ; ils font passer prudemment leurs excréments par le corps de leurs légumes ; ces végétaux usuels s'en regorgent,

les modifient dans leur constitution immédiate et les chan-
gent en aliments précieux et succulents.

Nous avons publié, il y a quelques années, une brochure
faisant connaître les procédés employés dans l'arrondissement
de Lille, pour l'utilisation de l'engrais humain. Nous y ren-
voyons le lecteur qui voudrait se renseigner complétement
sur ce sujet. Nous nous bornerons à reproduire ici les documents relatifs à cette question qui ont figuré à l'Exposition
agricole du Nord.

Un des tableaux présentait la comparaison de deux analyses
d'engrais flamand effectuées, l'une par M. J. Girardin, l'autre
par nous-même.

L'analyse de M. J. Girardin a eu pour objet, un échantillon
d'engrais flamand pris dans la fosse d'une maison habitée
par des gens aisés, consommant beaucoup de viande.

M. Corenwinder, au contraire, a analysé de l'engrais pris
dans une citerne affectée aux ouvriers d'une fabrique. Ceux-
ci se nourrissant à peu près exclusivement de pain et de légumes.

La composition comparative de ces deux liquides a été
la suivante :

Analyse de M. J. Girardin.

Eau.		95,100
Matières organiques.	2,579 ⎫	
Ammoniaque	0,740 ⎭	3,319
Potasse.	0,207 ⎫	
Acide phosphorique.	0,323 ⎬	1,581
Chlore , soude , chaux , etc. . . .	1,051 ⎭	

100,000

Azote.

De l'ammoniaque p. %.	0,610
Des matières organiques p. %.	0,259

P. % . . 0,869

Analyse de M. Corenwinder.

Eau.		95,190
Matières organiques	3,299 ⎫	
Ammoniaque	0,260 ⎭	3,559
Potasse.	0,161 ⎫	
Acide phosphorique.	0,167 ⎬	1,251
Chlore , soude , chaux , etc. . . .	0,923 ⎭	

100,000

Azote.

De l'ammoniaque p. %.	0,214
Des matières organiques p. %.	0,335

P. % . . 0,549

Il ressort des chiffres comparatifs de ces analyses que les excréments des hommes nourris avec des légumes et du pain , contiennent moins d'azote , de phosphates et de potasse , c'est-à-dire , d'éléments essentiellement fertilisants que ceux des personnes qui consomment beaucoup de viande.

L'engrais humain , que les cultivateurs vont chercher à la ville , a une valeur fertilisante variable suivant son origine. Ce qui diminue surtout cette valeur , c'est la quantité d'eau qu'on y ajoute , soit dans un but de propreté , soit quelquefois avec intention , ainsi que le font les domestiques à qui les propriétaires abandonnent ordinairement le produit de la vente de ces résidus.

Aussi , depuis longtemps , plusieurs cultivateurs ont-ils pris l'habitude de peser , avec un aréomètre Baumé , l'engrais flamand qu'ils répandent sur leurs terres. Quelques-uns même, mieux avisés , n'achètent ces liquides , autant que possible , qu'à un prix variable suivant leur pesanteur spécifique appréciée , grossièrement il est vrai , à l'aide de cet instrument.

Il est difficile d'attribuer avec quelque exactitude , une valeur fertilisante comparative à l'engrais flamand. Cependant, d'après nos expériences , on peut admettre que 14 à 15 hectolitres de ce liquide, pesant environ deux degrés à l'aréomètre Baumé , sont l'équivalent de 100 kilog. de tourteaux. Si la pesanteur spécifique est plus élevée, si elle atteint trois degrés, il pourra suffire , dans certains terrains , de 10 hectolitres de *gadoue* , (*) pour donner la première année , la même récolte que 100 kilog. de tourteaux.

_____

(*) Dans l'arrondissement de Lille , l'engrais flamand reçoit encore les dénominations de gadoue, courte-graisse, tonneaux (le contenant pour le contenu).

On conçoit toutefois que cette comparaison est difficile , car l'emploi de l'engrais liquide en culture, donne des résultats variables suivant la nature des terres. Dans les sols légers , on peut en utiliser davantage que dans les terres compactes : celles-ci exigeant de toute nécessité du fumier.

La comparaison que nous venons d'établir entre les tourteaux et l'engrais flamand relativement à leur valeur fertilisante , n'est exacte que pour la première année , car si l'on continue l'expérience , on apprend que ce dernier engrais a moins de durée que les premiers.

D'après des recherches que nous avons poursuivies dans un même champ , il y a quelques années, 10 hectolitres de gadoue pesant de 3 à 4° B. ayant été employés comparativement avec 100 kilog. de tourteaux pour fumer des betteraves , nous avons obtenu à la récolte un poids égal de racines. Mais l'année suivante , le champ ayant été semé en blé (sans nouvelle fumure), la partie de terre qui avait reçu précédemment de l'engrais flamand , a donné moins de paille et de grains que celle, de même superficie, qui avait été fertilisée avec des tourteaux. La différence en faveur de ces derniers engrais , rapportée à l'hectare , était de 3 hectolitres de grains.

Ainsi que nous l'avons déjà fait observer, la quantité d'engrais flamand utilisée pour fumer les terres, varie suivant la nature de celles-ci et les convenances particulières du fermier. Dans l'arrondissement de Lille, on en verse jusqu'à 900 tonneaux de 130 litres par hectare et quelquefois davantage , sur un champ destiné à porter des betteraves. Cet engrais est répandu sur le sol *en grande partie pendant l'hiver* et enfoui par les labours du printemps. Avec une telle profusion d'engrais qui n'exclut pas l'emploi simultané du fumier , les betteraves acquièrent des proportions volumineuses, et sont par conséquent très-pauvres en sucre. Le moment n'est pas éloigné

ʼ où la culture de cette racine ne sera plus possible dans de telles conditions.

Tous les fermiers n'abusent pas ainsi de cette matière fertilisante. On ne peut pas désigner d'une manière absolue la proportion utilisée, parce qu'elle varie avec la nature des terres et la facilité des communications; mais elle ne s'éloigne pas beaucoup aux environs de Lille, des quantités indiquées dans le tableau suivant, qui représente l'assolement d'une petite ferme de 10 hectares, tel qu'il a été pratiqué en 1864.

Culture de 10 hectares.

NATURE des récoltes	QUANTITÉS de terres affectées à chaque récolte en hectares.	QUANTITÉS d'hectolitr. d'engrais flam. pour cette pièce de terre.	Proportion d'engrais flamand par hectare (en hectol.)	Engrais supplémentaire par hectare	RÉCOLTE précédente
Tabac.	0,89	130	145	8,800 kilog. tourteaux, 50,000 kil. fumier.	Blé.
Betteraves.	0,89	130	145	Néant.	Tabac.
Blé.	3,29	Néant	Néant	Néant.	Bet. ou colza
Colza.	0,35	130	370	40 à 45,000 k. f.	Blé.
Betteraves.	0,44	390	890	Néant.	Colza.
Pom. de t.	0,35	160	460	50,000 k. fumier	Blé.
Lin.	1,00	160	160	Néant.	Blé.
Avoine.	0,62	Néant	Néant	Id.	Blé.
Trèfle.	0,71	id.	id.	Id.	Avoine.
Hivernage.	0,27	id.	id.	Id.	Avoine.
Paturage.	1,06	470	450	Id.	
Jardin et semis de tabac.	0,18	240	»	Id.	
	10,05	1810			

TOURTEAUX DE GRAINES OLÉAGINEUSES.

Ces tourteaux sont utilisés dans l'arrondissement de Lille, depuis fort longtemps, pour fumer les terres. On les répand généralement en poudre sur le sol, et on les enterre avec la herse ou par un léger labour suivant la nature des plantes qu'on veut cultiver. (*) Autrefois on jetait ces résidus dans les citernes à engrais liquides, ils s'y détrempaient, formaient comme un mucilage avec lequel on arrosait les champs. Cette dernière pratique est presque abandonnée aujourd'hui.

Les quantités de tourteaux utilisées pour chaque espèce de récolte sont établies d'une manière assez constante par l'usage, la pratique et la tradition aux environs de Lille. Nous indiquerons ces quantités, lorsque nous décrirons les principales manipulations qu'on fait subir au sol en prévision des exigences et des besoins des végétaux qu'on a l'intention de cultiver.

Les fermiers de l'arrondissement de Lille et de celui de Douai ont depuis longtemps l'habitude d'appliquer directement les tourteaux sur leurs terres. Nous ne saurions approuver cette pratique que dans quelques cas exceptionnels, comme par exemple, lorsqu'on se propose de cultiver le tabac ou les betteraves. Il est incontestable qu'à l'aide de ces engrais, les feuilles de tabac sont de meilleure qualité et les racines

---

(*) Il n'est pas douteux que les cultivateurs, qui enterrent, par un labour superficiel (reboulage), l'engrais pulvérulent répandu sur le sol, sont mieux avisés que ceux qui se contentent de l'enfouir imparfaitement avec les dents de la herse. Cette observation est applicable surtout au guano qui perd notablement de ses principes fertilisants, lorsqu'il est exposé à l'action de l'air et des rayons du soleil.

de la betterave , plus riches en sucre que lorsqu'on emploie pour fumure , des matières animales et surtout du guano. En général , les cultivateurs prévoyants préfèrent cependant donner le tourteau en nourriture au bétail, que de l'appliquer directement aux terres. Cette alimentation fournit des ex-créments qui se retrouvent dans le fumier , et en augmentent considérablement la puissance fertilisante. Il faut bien se persuader aussi que le tourteau est un engrais dont le prix est beaucoup trop élevé pour ce qu'il rapporte : c'est ce que nous prouverons dans un travail qui sera publié bientôt.

On a fait figurer à l'Exposition agricole , plusieurs analyses de tourteaux indigènes fabriqués dans la banlieue de Lille , et de diverses espèces de tourteaux exotiques dont l'emploi commence à se généraliser dans nos localités. En voici la reproduction :

ESPÈCES DE TOURTEAUX	HUILE	MATIÈRES minérales	AZOTE	AUTORITÉS
GRAINES DE				
Lin.	7,5	6,52	4,925	Corenwinder.
Colza.	13,1	5,70	5,285	id.
Caméline.	12,2	8,20	5,570	Girardin.
Œillette.	12,5	10,72	5,410	Corenwinder.
Chanvre.	6,3	10,50	5,200	Girardin.
Arachides décortiquées.	12,0	7,82	6,850	Corenwinder.
id. brutes.	8,5	5,60	5,160	id.
id. id.	9,0	4,57	5,550	Meurein.
Touloucouna (Palmiste).	4,5	4,82	4,370	Corenwinder.
Ricin.	7,0	7,50	3,830	Meurein.
Cotonnier.	6,3	5,90	4,080	id.
Ravison.	9,5	15,15	4,350	id.
Colza panaché de Bombay.	10,5	9,00	5,650	id.

Pour combattre l'indifférence de nos cultivateurs, qui laissaient généralement exporter en Angleterre les tourteaux de graines exotiques fabriqués dans notre Département, nous avons fait en 1855, conjointement avec un habile cultivateur, M. Jules Lepercq, des expériences de culture de betteraves que nous avons fumées avec des tourteaux de diverses origines.

A cet effet, on a mesuré dans un champ sept parcelles égales de 2 ares 20 centiares, et on a engraissé chacune d'elles avec 100 kilos de tourteaux différents, soit exotiques, soit indigènes. Les rendements obtenus sont indiqués dans le tableau suivant :

NUMÉROS	ESPÈCES DE TOURTEAUX EMPLOYÉES	RENDEMENTS DES PARCELLES EN BETTERAVES (racines).
1.	Arachides brute. . .	1452 kil.
2.	Sésames.	1511 »
3.	Touloucouna. . . .	1320 »
4.	OEillette.	1585 »
5.	Caméline.	1325 »
6.	Colza.	1278 »
7.	Chanvre.	1200 »

Ces betteraves ayant été vendues 20 francs les 1000 kilos, si l'on déduit des sommes réalisées le coût de 100 kilos de chaque espèce de tourteau, on trouve qu'il est resté pour payer la façon, la location du terrain, les bénéfices, etc., les sommes représentées dans le tableau suivant :

	Arachides brutes	Sesame	Toulou. couna	OEillette	Camé- line	Colza	Chanvre
Produits de la vente des betteraves.	fr. 29,04	fr. 30,22	fr. 26,40	fr. 31,70	fr. 26,52	fr. 25,56	fr. 24
Coût de 100 k. tourteaux.	12,00	15,50	13,50	19,00	18,50	18,00	18
Reste.	17,04	14,72	12,90	12,70	8,02	7,56	6

On voit par cette expérience, qu'en raison du rendement obtenu avec les tourteaux exotiques et de leur prix d'achat moins élevé que celui des espèces indigènes, nous avons réalisé un bénéfice marqué en utilisant les premiers. Du reste, depuis que ces résultats ont été publiés pour la première fois, les tourteaux exotiques ont pris une part plus large dans la consommation comme matières fertilisantes.

L'année suivante, toute cette pièce de terre ayant reçu les façons convenables a été ensemencée en blé, sans nouvel engrais, et aucun cultivateur expérimenté ne s'étonnera d'apprendre, qu'en examinant le champ avec soin, nous avons reconnu qu'il présentait une uniformité parfaite, de telle façon qu'il ne nous a pas paru utile de mesurer séparément le rendement de chacune des parcelles.

C'est ce qui arrive ordinairement dans nos terrains fertiles. Les anciennes fumures accumulées dans le sol étant mises à la portée des racines par les labours énergiques et l'ameublissement parfait que nous lui donnons, les engrais n'exercent une influence sensiblement variable, la deuxième année sur les plantes, que lorsqu'ils présentent de grandes différences dans leur état moléculaire, leur composition chimique, leur altérabilité ou leur fixité, c'est-à-dire dans la capacité que possède le sol de les soustraire à l'action des agents extérieurs, tels que l'eau qui les dissout ou la chaleur qui les volatilise.

Nous pouvons rendre cette vérité évidente par des faits.

Il y a quelques années, nous avons entrepris des expériences de culture en la société de M. Florimond Six, cultivateur de Wambrechies (Nord). Dans un même champ, nous avons mesuré trois parcelles de terre de dix ares chacune, en nous éloignant des arbres, des fossés, en un mot, en prenant toutes les précautions utiles afin d'éviter des erreurs capitales.

La première parcelle n'a pas reçu d'engrais.

La seconde parcelle a été fumée avec 400 kil. tourteaux de colza.

La troisième parcelle a été fumée avec 130 kil. guano du Pérou.

Nous avons employé ces deux proportions de matières fertilisantes, parce qu'elles contenaient chacune le même poids d'azote. Il y avait environ trois fois plus d'azote dans le guano que dans le tourteau.

Au mois d'octobre, on a arraché et pesé les betteraves, après en avoir fait la tare avec soin et on a constaté les résultats suivants :

Nature et quantités des engrais à l'hectare.	Rendement en racines par hectares	DENSITÉS des jus.	Richesses saccharines des betteraves en centièmes.
Néant.	41,610 kil.	1053	11,00
1300 kil. guano.	49,460 »	1048	9,20
4000 kil. tourteaux.	49,440 » (*)	1048	9,70

L'excédant du rendement dû à ces deux engrais différents a donc été le même. Il n'a atteint que le chiffre de 7900 kil. de racines environ par hectare. D'autres expériences semblables nous ont donné des résultats analogues.

Au mois de novembre suivant, on a semé du blé blanzé sur les trois parcelles, en conservant avec soin leurs délimitations. Ce blé n'a reçu aucun engrais, de telle façon qu'il n'a pu profiter que des anciennes fumures. On a fait la moisson des trois parties de terre, les gerbes ont été mises à part et battues séparément le même jour. Le tableau suivant donne les résultats de cet essai :

Désignation des engrais employés l'année précédente.	Nombre de gerbes de blé par parcelle.	Nombre de litres de blé, par parcelle.	Nombre d'hectolitres par hectares.
Sans engrais. .	235 gerbes	199 litres	19 hect. 90
Guano. . . .	240 id.	211 id.	21 « 10
Tourteaux. . .	265 id.	249 id.	24 « 90

(*) Ces rendements sont moins élevés que ceux qu'on obtient ordinairement dans l'arrondissement de Lille, parce que nos expériences ont eu lieu sur une terre qu'un précédent occupeur n'avait pas fumée pendant plusieurs années.

D'après ces résultats qui sont conformes , nous le répétons, à d'autres faits du même genre que nous avons observés dans nos sols des environs de Lille , on apprend que l'excédant dû au guano n'a été , la seconde année , que de 120 litres de blé par hectare , tandis que celui résultant de l'emploi des tourteaux s'est élevé à 500 litres.

Ces expériences donnent lieu à des considérations intéressantes pour les lois naturelles de l'Agriculture. Nous les développerons dans une autre occasion.

ENGRAIS CHIMIQUE.

Personne n'ignore que M. Kuhlmann s'est livré dès 1843 , à de nombreuses recherches agronomiques pour apprécier l'efficacité des sels ammoniacaux , des phosphates et des matières salines dans la culture des terres.

Ses expériences , que nous ne pouvons rapporter ici avec tous les détails qu'elles nécessiteraient , ont eu lieu sur une prairie naturelle située à Loos, dans l'arrondissement de Lille. La prairie a été partagée en plusieurs parcelles qui ont été fumées avec diverses substances fertilisantes.

Le tableau suivant indique la nature de ces substances , les quantités employées et les récoltes obtenues :

On remarque que le plus fort excédant , a été dû à de l'eau ammoniacale du gaz saturée par le liquide d'acidification des os, c'est-à-dire à un mélange de sel ammoniacal et de phosphate de chaux. Les matières dépourvues d'azote n'ont pas donné d'excédant.

Nous avons constaté plusieurs fois qu'on n'imprime aucune activité à la végétation des betteraves , en les fumant avec de l'huile ou du sucre. Ces substances n'en augmentent nullement la richesse saccharine , elles paraissent absolument inertes.

N.° d'ordre	NATURE de l'engrais employé.	Quantité par hectare.	Récolte obtenue			Excédants dus à l'engrais.		
			en foin. K.	en regain. K.	total. K.	en foin. K. (***)	en regain. K.	total. K.
1	Aucun engrais.	»	2427	1393	3820			»
2	Eau ammoniacale des usines à gaz.	16666 lit. à 3°	»	»	»	»	»	»
»	Saturée par le liquide d'acidification d'os et contenant un sel ammoniac.	333	6533	3373	9906	4106	1980	6086
3	Sulfate d'ammoniaque (*).	250	3947	1617	5564	1520	224	1744
4	Nitrate de soude (*).	250	3867	1823	5690	1440	430	1870
5	Nitrate de chaux sec (*).	250	3367	2030	5397	940	637	1577
6	Chlorure de calcium.	250	2417	1413	3830	»	»	»
7	Phosphate de soude cristallisé.	300	2693	1633	4326	266	240	506
8	Os incinérés	800	2353	1300	3653	»	»	»
9	Gélatine d'os (**).	500	4180	2203	6383	1753	810	2563
10	Guano du Pérou.	600	4090	2270	6360	1663	877	2540
11	Idem.	300	3437	1966	5403	1010	573	1583
12	Tourteaux de lin.	800	2647	1773	4420	220	380	600
13	Huile de colza.	600	2393	1000	3393	»	»	»
14	Idem.	300	2687	1356	4043	»	»	»
15	»							
16	Fécule.	800	2267	1586	3853	»	»	»
17	Glucose (sirop massé).	800	2333	1114	3447	»	»	»

(*) Représentant 95 p. % de sel pur et sec.   (**) Représentant 90 p. % de gélatine sèche.
(***) D'après le poids moyen des récoltes des compartiments sans engrais.

CULTURES DIVERSES.

Plantes économiques.

Deuxième Groupe.

TABACS. — BETTERAVES.

Nous allons examiner maintenant les divers produits agricoles qui figuraient à l'Exposition du Nord, et nous donnerons quelques détails sur les particularités les plus remarquables de leur culture, afin d'initier le lecteur à la connaissance des meilleures pratiques de notre économie rurale.

TABAC.

Le cultivateur flamand n'a pas de règle absolue dans le choix de ses assolements, ce qui le guide, ce sont les avantages qu'il espère retirer de la vente de ses produits. Cependant, ce n'est que dans des circonstances tout-à-fait exceptionnelles qu'il fait succéder deux fois de suite une plante sur le même sol et ceux qui pèchent contre la règle de l'alternance, n'ont généralement pas lieu de s'en féliciter.

Dans l'arrondissement de Lille et dans quelques autres

localités du département du Nord , le tabac tient toujours la tête d'un assolement perfectionné qui assure une continuité de récoltes abondantes. Cette plante reçoit une fumure excessive qui , dans nos climats tempérés , lui est nécessaire pour acquérir un développement rapide. On peut cultiver ensuite pendant plusieurs années dans le même champ , sans y appliquer de nouveaux engrais ; l'arrière-fumure est assez abondante pour suffire au développement des plantes qui suivent dans la rotation , elle est rendue accessible aux racines par l'action des labours énergiques qui renouvellent les surfaces et permettent à ces organes de se ramifier et de s'étendre avec facilité dans les couches du sol ameubli.

Le tabac remplace presque toujours le blé , l'hivernage ou l'avoine. Nécessitant de nouveaux et d'abondants engrais , on le cultive particulièrement dans les sols appauvris par des céréales qui n'ont pas reçu de fumure. Les labours nombreux et les sarclages multipliés que cette plante exige , sont très-propres à nettoyer une terre salie par les mauvaises herbes ; aussi apporte-t-elle dans l'économie de l'exploitation une amélioration capitale.

On ne peut pas établir , d'une manière absolue , le nombre et la profondeur des labours que réclame le tabac. Ils dépendent de la nature du sol , de son degré de sécheresse et des circonstances atmosphériques. En général , il faut ameublir parfaitement la terre , afin de donner aux racines la facilité de s'étendre , et il convient surtout de mettre un soin particulier dans l'établissement des sillons nécessaires pour l'écoulement des eaux pluviales. Il suffit d'un orage , dit l'honorable praticien , M. Lecat-Butin , pour submerger une partie de la plantation si l'on n'a pas entretenu ces sillons en bon état. Le planteur songe alors , mais trop tard , à se repentir

Fl.   D de sa négligence et de sa parcimonie , car le tabac noyé pendant sa croissance est presque totalement perdu. » (*)

La quantité de matières fertilisantes que les planteurs utilisent pour la culture du tabac est si considérable , qu'en l'indiquant , on risque d'être taxé d'exagération par les cultivateurs étrangers à notre localité. Voici cependant les proportions généralement employées pour la fumure d'un hectare.

Quarante-cinq voitures de fumier (environ 130 mètres cubes).

9000 kilos tourteaux de diverses espèces (œillette , colza , chanvre).

Si l'on compte le prix de la voiture de fumier à 7 fr. et celui des tourteaux à 16 fr. les cent kilos , on trouve que la dépense s'élève , de ce chef , au chiffre énorme de 1755 fr. par hectare.

Toutefois , cette dépense ne doit pas être portée totalement au compte de la culture du tabac. On estime que cette plante absorbe à peu près cinquante-cinq pour cent de la fumure qu'elle a reçue , il en résulte donc que la somme à mettre à sa charge , s'élève à 965 fr. Cette évaluation ne peut pas évidemment être regardée comme absolue , tant de circonstances influant sur l'assimilation des engrais par les plantes et l'aptitude du sol à les soustraire à l'action des agents météoriques.

Le fumier est enfoui dans la raie du labour profond , et les tourteaux , réduits en poudre , sont mis en deux opérations dans les derniers labours superficiels que l'on pratique en mars et vers la fin d'avril.

L'arrière-fumure , qui persiste dans le sol après le tabac , permet d'obtenir d'abondantes récoltes pendant plusieurs années , sans nouveaux engrais.

(*) Notice historique sur la culture du tabac , par M. Lecat-Butin , Lille (1854).

Voici plusieurs exemples de rotations suivies quelquefois dans l'arrondissement de Lille, par les fermiers qui cultivent cette solanée :

1.º

Tabac (fumé avec 50,000 kilos fumier environ et 9000 kilos tourteaux à l'hectare).
Betteraves, colza ou pommes de terre (sans engrais). (*)
Blés (sans engrais).
Trèfle (id.).
Blé (fumé avec 1100 kilos tourteaux).
Lin (id. id. id.).
Blé (sans engrais).
Avoine (id.).

(*) Lorsqu'on plante des pommes de terre après du tabac, elles laissent souvent dans le sol une quantité d'arrière-fumure trop considérable pour le blé qui doit leur succéder. Celui-ci, dès lors, est exposé à verser. Aussi, en cette circonstance, nos cultivateurs ont quelquefois la précaution de semer, immédiatement après la récolte des pommes de terre, du colza en pépinière ou des navets, pour diminuer la fertilité du sol. Cette culture dérobée n'est possible évidemment qu'à la condition de déplanter les tubercules de bonne heure, à la fin de juillet et au commencement d'août. Il faut en ce cas, que le bénéfice réalisé par la vente des pommes de terre hâtives compense la perte qu'on éprouve sur le rendement, car ce n'est ordinairement qu'au mois de septembre que cette déplantation a lieu.

Il n'est pas nécessaire de labourer après l'enlèvement des pommes de terre, il suffit de mettre le sol de niveau avec la herse et de semer les navets sans autre préparation. Généralement, une terre qui a porté ces tubercules est fort ameublie, la récolte intercalaire de navets permet de lui donner de la consistance et la rend plus propre à la céréale qui doit suivre. L'expérience nous a appris, à nos dépens, que trop souvent les blés manquent (se mangent) parce qu'ils sont semés dans un sol trop meuble, trop ouvert comme disent nos laboureurs.

2.º

Tabac (fumé comme précédemment).

Betteraves ⎫
Blé ⎬ sans engrais.
Avoine ⎭

Trèfle (semé dans l'avoine. Après la première coupe, on
   fume le trèfle avec des boues de ville ou de l'engrais
   flamand, ce dernier dans la proportion de 160 à
   200 hectolitres par hectare).

Blé (sans engrais).

Lin (fumé avec 1100 kilos tourteaux).

Blé (sans engrais, on l'arrose souvent au printemps avec
   un peu d'engrais liquide, si c'est nécessaire).

Hivernage (sans engrais).

3.º

Tabac (fumé comme nous l'avons déjà indiqué).

Betteraves ⎫
Blé ⎬ (sans engrais.)
Avoine ⎭

Lins (fumé avec 2200 kilos tourteaux, ou 330 hectolitres
   engrais flamand, ou 700 kilos guano).

Blé (sans engrais).

Hivernage (id.).

On voit, d'après cet exemple, que pendant quatre années
les plantes qui succèdent au tabac ne reçoivent aucun engrais,
et cependant on obtient de bonnes récoltes, si les circonstances ne sont pas défavorables.

La graine du tabac est semée en pépinière du 10 au 25 mars,

sur une terre parfaitement ameublie et fertilisée avec une quantité abondante d'engrais de diverses natures et des plus actifs, tels que gadoue (engrais flamand), tourteaux de chanvre ou d'œillette, fiente de volaille, etc. Nos praticiens estiment qu'il faut appliquer à la terre préparée pour faire les semis une quantité d'engrais dont le coût s'élève au moins à 20 fr. par are.

Les semis de graines de tabac sont exposés généralement au midi et abrités contre le vent du nord, par des paillassons fixés verticalement à l'aide de grosses branches dont les extrémités sont enfoncées dans le sol.

Lorsque la graine est recouverte, on roule la terre et on y étend des branchages qui préservent, jusqu'à un certain point, les semis des vents secs et de la gelée.

Les jeunes plantes de tabac ayant atteint un développement suffisant, on procède à leur transplantation dans le champ préparé comme nous l'avons indiqué. Cette opération a lieu généralement du 25 mai au 10 juin. A l'aide du cordeau ou d'une chaine en fil de fer, on les met en lignes espacées ordinairement à 0.^{m}50, la distance dans les lignes mêmes est de 0.^{m}42. Le repiquage étant opéré, on couvre le tabac avec un peu de teille de lin, pour le préserver de l'ardeur du soleil. (*)

Nous n'entrerons pas dans le détail des opérations multipliées que nécessite la culture du tabac; nous n'en dirons que quelques mots:

(*) Autrefois on *apâtelait* les tabacs, c'est-à-dire que l'on ouvrait au pied des plantes, dès qu'elles avaient repris de la vigueur, une petite cavité qu'on emplissait avec de l'engrais flamand. Cette pratique est presque abandonnée aujourd'hui. On fume encore dans certaines localités, avec de la gadoue, la terre où l'on se propose de planter du tabac, mais on préfère généralement la répandre pendant l'hiver.

Les planteurs qui utilisent l'engrais flamand, réduisent nécessairement la quantité de tourteaux dans une proportion convenable.

On entretient le sol dans un état de propreté excessif par des binages suffisants, et lorsque les plantes se développent avec vigueur , elles reçoivent un léger buttage avec une houe à main. Enfin , lorsqu'elles ont produit sept à huit feuilles , on procède à l'*écimage* , c'est-à-dire qu'on coupe soigneusement avec les ongles le bourgeon terminal et ensuite les bourgeons auxiliaires , à mesure de leur production , pour faciliter exclusivement l'accroissement des feuilles principales.

La récolte du tabac a lieu dans les premiers jours de septembre ; des femmes enfilent les feuilles et forment des guirlandes qui sont transportées sans retard au séchoir.

La culture du tabac qui était autrefois une source de prospérité pour quelques cantons du département du Nord , a bien perdu de son importance aujourd'hui. D'après les renseignements officiels que nous donnons ici , on voit qu'elle n'est pratiquée actuellement que dans les arrondissements de Lille et d'Hazebrouck , et que la superficie de terre qu'elle occupe , peu élevée dans le premier arrondissement , est insignifiante dans le second.

Arrondissement de Lille 1866.

Nombre des planteurs.	1129
id. d'hectares cultivés.	770
Quantité de tabac livrée.	1,936,234 k.os

Arrondissement d'Hazebrouck 1866.

Nombre de planteurs.	131
id. d'hectares cultivés.	91
Quantité de tabac livrée.	211,203 k.os

Le rendement moyen par hectare est donc :

Arrondissement de Lille. . . . . . 2515 k.ᶜˢ
id.   d'Hazebrouck. . . . . 2321 »

Depuis quelques années, l'importance de cette culture a toujours été en décroissant, et il est à craindre que cette progression descendante n'aboutisse dans un avenir peu éloigné à l'anéantissement de cette branche importante de l'Agriculture. Le bénéfice que le cultivateur peut attendre de ce genre de production est très-aléatoire ; lorsqu'il a fait au sol des avances excessives en engrais et en travail, il n'est pas toujours certain que l'administration ne viendra pas lui en rogner une bonne part, en raison du pouvoir discrétionnaire qui lui est attribué.

Discuter cette question serait hors de propos ici. Cependant il n'est pas inutile de faire remarquer que les règlements dont l'interprétation n'est pas définie, habituent les hommes à la servilité. La bienveillance des agents tempère souvent, il est vrai, ce que leur mandat peut avoir d'impératif, mais les peuples vigoureux dédaignent les faveurs ; ils veulent des droits qui seuls encouragent l'esprit d'entreprise et l'initiative individuelle.

PRODUITS EXPOSÉS

M. d'Aubigny, directeur de la manufacture de Lille, a bien voulu confier à la Commission douze échantillons de tabacs *Philippin* récoltés dans l'arrondissement de Lille, pour figurer à notre Exposition. Le tableau suivant indique le nom des planteurs qui ont cultivé ces tabacs, ainsi que les rendements moyens qu'ils ont obtenus dans les cinq dernières années :

N.° d'ordre	COMMUNES	NOMS DES EXPOSANTS	Superficie cultivée en 1866			Rendements des cinq dernières années		
			H.	A.	C.	Produit de l'hect. en kilogrammes	Prix pour 100 k.	Produit de l'hectare en argent
							f. c.	f. c.
1	Wicres	BINAULD, Germain		56	72	3,057	93,69	2,864 86
2	Deulémont	MALAGIE, Jules		93	03	2,829	100,93	2,855 90
3	Aubers	FRÉMENT, Jean-François		49	48	2,985	95,59	2,854 »
4	Quesnoy	MILLE, César		46	31	2,966	95,58	2,835 32
5	Frelinghien	RAMON, Urbain		65	27	2,799	100,79	2,821 57
6	Verlinghem	HAGE, Florimond		77	03	2,978	91,15	2,714 46
7	Beaucamps	DUMOULIN, Henri	1	30	15	2,980	90,65	2,701 49
8	Comines	MARESCAUX, Séraphin		25	41	2,982	87,18	2,600 27
9	Ennetières	DUBOIS, Louis	1	56	11	2,849	88,95	2,534 72
10	Premesques	PRÉVOST, François	1	24	66	2,807	87,50	2,456 29
11	Radinghem	WJEUX, François	1	28	77	2,736	88,43	2,419 92
12	Wambrechies	CATRY, Émile	1	66	98	2,636	88,56	2,334 75

BETTERAVES A SUCRE.

La betterave destinée à l'industrie est l'objet d'une culture importante dans les arrondissements de Valenciennes et de Douai, où elle occupe plus d'un dixième de la superficie. Dans les arrondissements d'Avesnes, Hazebrouck, Dunkerque où l'industrie sucrière a pris peu de développement, on la cultive plus rarement. Voici d'après la statistique la part que prend cette denrée dans la production agricole de chaque arrondissement.

Arrondissements	Superficies en hectares	Nombre d'hectares cultivés en betteraves	Rapport des betteraves à la superficie totale
Valenciennes..	62,978	7882	12,5
Douai. . . .	47,206	5250	11,1
Cambrai. . .	89,260	4714	5,3
Lille.	87,439	4280	4,9
Avesnes. . .	139,723	1908	1,4
Dunkerque. .	72,160	828	1,1
Hazebrouck . .	69,320	472	0,7
	568,086	25,334	4,5

On a vu par ce qui précède que, dans l'assolement qui débute par le tabac, la betterave se cultive sans engrais.

S'il reste dans le sol les quarante-cinq centièmes de la fumure appliquée à la culture précédente, la betterave doit nécessairement se développer avec beaucoup de vigueur.

C'est en effet ce qui arrive. Ces racines succédant au tabac, deviennent volumineuses lorsque les circonstances sont favorables à leur accroissement, et le rendement en poids est souvent considérable.

Lorsque, au contraire, on veut cultiver cette racine après du blé, du lin, du trèfle, etc., il faut alors donner à la terre plus ou moins d'engrais.

Quoique cette culture soit généralement assez connue, nous allons la décrire sommairement pour en signaler quelques particularités importantes, qui intéresseront, peut-être, les personnes moins exercées sur ce sujet que les cultivateurs du Nord.

CULTURE DE LA BETTERAVE DESTINÉE A LA FABRICATION DU SUCRE.

Tout le monde sait que la betterave est la plante qui a le plus contribué dans les temps actuels, à la prospérité de l'Agriculture française et qu'elle est devenue la base des assolements perfectionnés, partout où les exploitations rurales sont desservies par des routes praticables.

Cette précieuse racine nécessite des labours profonds et des façons multipliées, d'abondants engrais, des sarclages répétés. Le sol purgé de plantes nuisibles, ameubli, défoncé, acquiert une fertilité nouvelle et se trouve parfaitement préparé pour produire l'année suivante une riche récolte de blé qui est toujours d'une qualité supérieure à celui qui succède à toute autre plante.

Dans les localités où la culture des betteraves s'est propagée, la production des céréales a augmenté dans une proportion considérable. La propriété foncière a aussi accru de valeur, en raison des profits réalisés par l'introduction de cette racine industrielle.

Les fabriques de sucre qui exploitent les betteraves, restituent à l'agriculture un aliment précieux pour les animaux de la ferme. Nous voulons parler de la pulpe qui, associée à une faible proportion de nourriture sèche, telle que foin, tourteaux, son, fèves, maïs, etc., permet d'entretenir plus de bétail et de produire ainsi le fumier nécessaire à la transformation et à l'amélioration du sol.

Jusqu'aujourd'hui, la betterave est généralement cultivée à plat. Dans quelques propriétés, on commence à la faire croître sur billons. Cette dernière pratique nécessitant des instruments particuliers et ses avantages sur la première n'étant pas suffisamment appréciés, nous nous bornerons à décrire les procédés de la culture à plat, tels qu'ils sont usités dans l'arrondissement de Lille.

La condition essentielle pour obtenir des betteraves de bonne qualité et en même temps une récolte satisfaisante, c'est de défoncer profondément le sol avant l'hiver, de le fouir, de l'assainir pour le soumettre à l'action des agents atmosphériques et faciliter l'écoulement des eaux surabondantes. Il convient aussi d'ameublir le sol avec de la marne ou de la chaux, s'il est trop argileux, et de le drainer toutes les fois que les circonstances le permettent.

Il importe surtout, pour produire des betteraves susceptibles de secréter beaucoup de sucre, de se préoccuper du choix de la semence. Les qualités de race se transmettent dans le règne végétal aussi bien que dans le règne animal. Une betterave qui est riche en matière sucrée, aura des descendants qui jouiront du même avantage, si l'on a soin de conserver chez ces derniers les caractères de conformation que présentait la plante mère.

En général, les betteraves les plus estimées par les fabricants de sucre sont celles que l'on fait venir d'Allemagne. Elles doivent être acclimatées de quatre à cinq années pour donner une récolte suffisante, et il importe de les améliorer en n'utilisant pour semenceaux que des sujets bien conformés, d'un volume moyen et d'une densité élevée. Les betteraves qui ont un petit collet, la forme d'une poire allongée, la peau d'une couleur fauve un peu bistrée, légèrement teintée en rose ou en vert à la partie supérieure, ont la propriété d'acquérir plus de richesse saccharine que celles dont l'épiderme est d'un rose-foncé ou d'un blanc-verdâtre. Il faut donc employer les premières pour produire de la semence.

Dans l'arrondissement de Lille, les betteraves succèdent au lin, au blé, à l'avoine, à l'hivernage, au trèfle, etc.

Lorsqu'on veut préparer pour y semer des betteraves une terre qu'on vient de dépouiller de la moisson, on procède généralement de la manière que nous allons indiquer.

On commence par déchaumer l'éteule à l'aide de l'extirpateur et on ameublit le sol par quelques hersages.

Si, à cette époque, on a du fumier à sa disposition, on le conduit sur le champ dès que le temps le permet, on l'étend et on l'enfouit par un labour d'environ dix à onze centimètres de profondeur. Le fumier est mis dans la raie que la charrue vient d'ouvrir à l'aide d'une fourche, par un ouvrier, et il est couvert ensuite par la couche de terre déplacée par le versoir. La quantité appliquée peut être évaluée à cent vingt ou cent trente mètres cubes par hectare.

Au mois de novembre ou décembre suivant, on donne un

labour plus énergique qui atteint la profondeur de vingt-cinq à vingt-six centimètres et même davantage.

La pratique que nous venons de décrire est la meilleure et elle est suivie toutes les fois que les circonstances ne s'y opposent pas. Le fumier mis de bonne heure dans le sol, se désagrège complétement ; placé entre deux couches de terre meuble, il subit l'influence de l'air et devient facilement assimilable. Les betteraves sont plus riches en sucre et donnent une récolte plus abondante, lorsqu'on applique les fumiers longtemps avant l'hiver que lorsqu'on fait cette opération pendant cette saison, et surtout si on attend le printemps.

Ce qui prouve combien cette observation est juste, c'est qu'on ne cultive jamais la betterave dans de meilleures conditions qu'après une récolte d'hivernage, parce que cette dernière denrée étant moissonnée au mois de juillet, on peut conduire le fumier sur son champ et labourer de très-bonne heure et en bonne saison.

Le labour profond étant terminé, on le laisse intact pendant tout l'hiver pour le soumettre à l'influence de la gelée. Ainsi la terre s'ameublit, foisonne, devient pulvérulente et ne nécessite plus que de légères façons au printemps.

Si l'on ne peut pas disposer de son fumier peu de temps après la moisson, il faut bien se résigner à l'appliquer plus tard. En ce cas, après avoir déchaumé à l'aide de l'extirpateur, on donne un labour superficiel et l'on conduit le fumier sur le champ au commencement de l'hiver, au moment où il convient de procéder au labour profond. On le met dans le sillon, et on le recouvre. De cette manière, il est enfoui sous une couche de terre épaisse, il ne subit qu'imparfaitement l'influence de l'air et souvent on le trouve intact longtemps après son enfouissement.

Depuis déjà longtemps, nos cultivateurs, reconnaissant de plus en plus la nécessité d'ameublir les couches profondes du sol, pratiquent les labours d'hiver à l'aide de deux charrues qui se suivent immédiatement ; la première est une charrue ordinaire qui ouvre le sillon, la seconde est une fouilleuse qui remue le fond de ce sillon, sans déplacer la terre. Par ce procédé, on parvient à remuer la terre jusqu'à quarante-cinq à cinquante centimètres de profondeur. (*)

Cette dernière opération est excellente. Elle produit, dans une certaine mesure, les effets du drainage. Permettant à l'eau surabondante de s'écouler, elle obvie aux inconvénients que ce liquide peut présenter lorsqu'il reste stagnant à la surface d'un sous-sol imperméable. Il ne paraît pas douteux que c'est à une cause de ce genre, qu'il faut attribuer la pourriture qui se manifeste quelquefois aux extrémités des racines, et les altérations qui en sont les conséquences. Enfin, elle a pour résultat de permettre aux betteraves de s'allonger, de pivoter vigoureusement et de se développer dans des conditions plus favorables à la secrétion de la matière sucrée.

Nous insistons particulièrement sur les avantages que présentent la pratique des labours profonds et l'application du fumier avant l'hiver, pour cultiver convenablement les betteraves. Si ces opérations n'ont lieu qu'au printemps, on remarque les inconvénients suivants :

La terre fraîchement labourée n'acquiert pas cet ameublissement parfait, qui est la conséquence des labours exposés pendant l'hiver à l'action de la gelée. Son tassement est irrégulier et le fumier mal réparti. Celui-ci, n'ayant pas eu le temps de se désagréger, donne lieu à des solutions de continuité dans lesquelles les radicelles peuvent pénétrer, grossir, se multiplier, les morceaux de fumier intacts attirent également

---

(*) On sait que l'emploi de la charrue fouilleuse a été vulgarisé par l'honorable et savant agriculteur de Templeuve « M. E. Demesmay. »

ces radicelles, et ainsi les betteraves, au lieu de pivoter verticalement, se ramifient dans le sol en plusieurs axes secondaires, et deviennent, comme on dit vulgairement, racineuses et fourchues. Il est difficile alors de les arracher ; elles conservent beaucoup de terre dont on ne peut aisément les débarrasser et occasionnent l'inconvénient de transporter, en pure perte, la meilleure terre de son champ pour ne plus la lui restituer.

Le sol ayant été préparé avant l'hiver, il suffit ordinairement de lui donner au printemps les façons suivantes :

Dès que le temps est convenable, on l'ameublit le plustôt possible par l'action de la herse. On y répand ensuite des tourteaux en poudre, dans une proportion variable, mais qui ne doit pas dépasser 2200 kilos par hectare, (*) si l'on ne

---

(*) Cette quantité de tourteaux paraîtra modeste à quelques cultivateurs de l'arrondissement de Lille, qui en utilisent bien davantage pour la betterave. Ainsi après l'application d'une fumure complète de fumier d'étable qui a eu lieu, autant que possible, en hiver, ils répandent encore au printemps jusqu'à 4400 kilos tourteaux par hectare, ou une proportion à peu près équivalente de guano du Pérou, soit 1500 kilos.

A proximité de la ville, des fermiers intrépides, ayant labouré leur fumier en hiver, versent immédiatement sur le sol, environ 400 hectolitres d'engrais flamand par hectare. Au mois de mars, une pareille dose du précieux liquide va rejoindre la première, et enfin, en été, les plantes déjà fort développées sont arrosées de nouveau avec cette matière fertilisante. La totalité dépasse souvent 1200 hectolitres par hectare. Avec de pareilles habitudes, on donne à la terre une fertilité extrême, et l'on obtient un rendement considérable de betteraves volumineuses dont la richesse saccharine laisse beaucoup à désirer.

A cette occasion, nous dirons une fois pour toutes, qu'il n'est pas possible de fixer exactement les proportions d'engrais adoptées par nos fermiers pour fumer leurs terres. Les chiffres que nous produirons à cet égard ne seront donc que des moyennes ou des ap-

veut pas s'exposer à produire des betteraves volumineuses et conséquemment de mauvaise qualité. L'engrais est enfoui à une faible profondeur par un léger labour (reboulage) ; on herse, on roule aussi souvent que la terre l'exige pour acquérir un ameublissement parfait, et on sème la graine au semoir, ou on la répand à la main dans les lignes formées par le rayonneur ou par un trait de binot superficiel.

Actuellement, beaucoup de cultivateurs utilisent du guano pour fumer les betteraves. Cet engrais, contenant ordinairement trois fois plus d'azote que les tourteaux, peut s'employer dans une proportion trois fois moindre, c'est-à-dire que 700 kilos de guano équivalent environ à 2100 kilos de tourteaux. On se contente souvent de répandre cette matière fertilisante à la volée et de l'enfouir incomplétement par plusieurs hersages croisés, mais il n'est pas inutile de répéter qu'à cause de sa volatilité, il vaut mieux la fixer, sous une couche de terre superficielle, par un trait de charrue. Les expériences que nous avons relatées précédemment, ainsi que les observations de la pratique industrielle, prouvent que le guano donne des betteraves moins riches en sucre que celles qu'on a fumées avec des tourteaux ; en outre, il laisse moins d'arrière-fumure pour

---

proximations. En effet, le laboureur expérimenté sait toujours apprécier, à peu près, ce qui reste d'arrière-fumure dans son champ, et il se règle sur cette connaissance pour augmenter ou diminuer la dose d'engrais qu'il doit lui appliquer à un moment donné. La nature de son sol, sa position personnelle et d'autres considérations encore, lui indiquent la voie qu'il doit suivre. S'il est tranquillisé sur l'avenir de ses rapports avec son propriétaire, il ne craint pas de faire au sol des avances toujours profitables, mais s'il a des inquiétudes sur ce sujet, il fume avec parcimonie, la terre s'appauvrit et il faut bien des années à celle-ci pour se récupérer de sa fertilité première. Il y aurait beaucoup de choses à dire à cet égard, mais ce n'est pas ici le moment.

le blé qui succède ordinairement à ces racines. Les fabricants de sucre savent combien sont défectueuses les betteraves récoltées dans un champ fertilisé avec du guano du Pérou ; la densité de leur jus accuse une richesse trompeuse dont il importe de se méfier. Elle est due en partie à un accroissement de substances azotées, que les racines ont puisées dans l'engrais et qui rendent l'extraction du sucre plus difficile Ces industriels ont donc raison de proscrire l'emploi du guano pour la culture des betteraves à sucre.

La quantité de graine utilisée par hectare pour l'ensemencement est généralement de 11 kilos ; mais il est préferable de ne pas faire de fausse économie à cet égard et d'en employer 15 à 16 kilos. Avec cette proportion, on obtient plus facilement une levée régulière.

La distance des lignes varie suivant les façons qu'on a l'intention de donner à ses betteraves. Généralement comme ces racines sont plus riches en sucre, lorsqu'elles acquièrent moins de grosseur, il convient de maintenir les lignes aussi rapprochées que possible. Leur distance varie de trente-cinq à trente-huit centimètres, quand on se propose d'opérer les sarclages à la main ; mais si l'on a l'intention de biner les betteraves avec la houe à cheval, il faut que les lignes soient espacées à cinquante centimètres.

Les cultivateurs qui désirent obtenir une bonne récolte et des betteraves de qualité supérieure, doivent faire toutes diligences pour opérer les semailles de bonne heure. En général, cette opération a lieu dans le milieu d'avril. Il n'y a que les gens négligents qui l'effectuent à une époque plus reculée ; à moins, toutefois, que le temps n'ait pas été favorable à la préparation de la terre.

Dans les environs de Lille, on répand quelquefois une faible quantité de purin sur la terre où l'on vient de semer la graine de betteraves et après l'avoir convenablement hersée et roulée.

FL.   E

Cette pratique a pour but d'assurer la levée régulière des jeunes plants. Il est prouvé en outre, que l'engrais liquide écarte les vers, les insectes qui s'attaquent avec acharnement aux betteraves naissantes et en anéantissent une grande quantité.

Il importe au point de vue de la richesse saccharine des betteraves que les graines germent simultanément, et croissent avec vigueur au commencement de la végétation. L'embryon de ces graines n'étant pas pourvu d'un périsperme volumineux qui leur assure une nourriture suffisante dès le principe, il faut suppléer à cette pénurie par l'addition d'un engrais superficiel, dont l'effet est prompt et actif.

Lorsque les jeunes betteraves ont acquis un développement suffisant, on opère les sarclages entre les lignes avec la houe (à cheval ou à main); on enlève les plantes trop rapprochées dans les lignes elles-mêmes; on *démarie* les groupes qui restent, c'est-à-dire qu'on isole la betterave la plus vigoureuse, en enlevant avec précaution celles qui la touchent.

Quelques cultivateurs intelligents font passer entre les lignes de betteraves, lorsqu'elles sont suffisamment développées, la charrue dite butteuse, pour former de petits billons. En ce cas, l'espacement des lignes doit être au moins de cinquante centimètres. Cette opération présente une partie des avantages de la culture en billons proprement dite, sans en avoir les difficultés. Elle a pour résultat de fixer, contre les betteraves, de la terre riche en matières fertilisantes que les radicelles peuvent atteindre avec facilité et dont elles se nourrissent. Elle préserve de l'action de la lumière la région supérieure de la racine, et contribue ainsi à augmenter sa richesse en sucre; car il est certain qu'en végétant en partie hors du sol, la betterave n'a pas autant d'aptitude pour sécréter ce principe immédiat.

Enfin, au mois d'octobre ou de novembre, on procède à

l'arrachage des betteraves, soit à l'aide du louchet, soit avec une charrue spéciale. On coupe les collets et on conduit la récolte à la fabrique de sucre.

La quantité de betteraves que produit un hectare, varie suivant la fertilité acquise du terrain, les engrais employés et les façons données à la terre. En général, les profonds labours d'hiver influent beaucoup sur les rendements, en assurant le développement normal des plantes et en leur fournissant une nourriture convenablement élaborée. Dans quelques localités du Nord, où l'on abuse des engrais, on obtient dans les années favorables plus de 80,000 kilos de betteraves à l'hectare, mais alors ces racines sont défectueuses et les fabricants les refusent. En suivant les indications que nous venons de donner, on peut récolter de 55,000 à 60,000 kilos par hectare, si le sol n'est pas dépourvu d'anciennes fumures et s'il est bien cultivé.

DOCUMENTS ET EXPÉRIENCES

SUR LA BETTERAVE.

Les causes qui favorisent plus ou moins la sécrétion du sucre dans les betteraves sont très-complexes. Nous avons effectué sur ce sujet, un grand nombre d'expériences dont les résultats ont figuré sur des tableaux affichés dans le pavillon de l'Exposition du Nord. Ces résultats, quoique insuffisants pour élucider une pareille question, ont paru intéresser un grand nombre de personne; nous allons donc les reproduire et les discuter.

INFLUENCE DE LA GROSSEUR DES RACINES.

On n'ignore pas que généralement les betteraves sont d'autant plus riches en sucre, qu'elles sont plus petites, (nous avons cependant trouvé des exceptions à cette règle). Il en résulte nécessairement, ce que personne n'ignore, qu'il ne faut pas provoquer leur développement d'une manière excessive par une profusion d'engrais déraisonnable. C'est particulièrement l'orsqu'on les arrose avec des matières fécales ou du purin, pendant le cours de leur végétation, que ces racines grossissent extrèmement et qu'elles absorbent des éléments azotés et minéraux en abondance, sans produire de sucre à proportion.

Ayant effectué depuis plusieurs années de nombreuses analyses de betteraves, nous en avons trouvé de très-variables par leur richesse saccharine. Dans le tableau suivant, nous indiquons les deux limites extrêmes que nous avons eu l'occasion de rencontrer. La plus petite des deux betteraves avait végété dans une terre un peu sablonneuse qui n'avait pas reçu une fumure exagérée, elle avait pris peu de développement, parce qu'elle était entourée d'autres betteraves très-rapprochées. La plus grosse, isolée au milieu d'un champ que l'on avait fumé abondamment avec des matières fécales, avait pu s'accroître à loisir puisqu'elle avait acquis un poids excessif de 9 kilogrammes

RICHESSES SACCHARINES MAXIMA ET MINIMA OBSERVÉES DANS
LES BETTERAVES A SUCRE DE L'ARRONDISSEMENT DE LILLE.

	Densités de jus	Sucre contenu dans un décil. de jus	OBSERVATIONS
Richesse maxima	1075 (7.°5)	18 gr. 11	Bet. pesant 236 gr.
Richesse minima	1023 (2.°3)	0 gr. 93	« « 9 kil.

Voici une autre expérience qui démontre que la richesse saccharine des betteraves tend à augmenter quand le poids des
racines diminue ; il y a cependant une exception pour le N.° 3.

ANALYSE DE SIX BETTERAVES DE POIDS DIFFÉRENTS.

N.° des better.es	Poids des better.es	DIMENSIONS		Densités des jus	Eau °/°	Sucre °/° du poids de la betterave
		diamètre	longueur			
1	k. 2.200	m. 0.13	m. 0.40	1048	84	9,05
2	1.100	0.11	0 39	1050	84	10,70
3	0.900	0.10	0.39	1051	82	9,88
4	0.650	0.09	0 33	1064	79	14,82
5	0.280	0.06	0.21	1066	80	14,50
6	0.236	0.07	0.18	1075	78,5	16,00

Ces betteraves avaient été récoltées dans un même champ, à Linselles, dans l'arrondissement de Lille.

Le terrain était de consistance légère, argilo-siliceux. Il n'avait pas été fumé pour les betteraves, parce qu'il avait porté l'année précédente du tabac auquel on avait donné une fumure abondante de tourteaux et de fumier.

Les betteraves analysées avaient toutes une forme *type*. Elles étaient originaires des environs de Magdebourg et acclimatées depuis six ans.

VARIATIONS SUIVANT LES LOCALITÉS,
LES PAYS, ETC.

La composition chimique de la betterave varie souvent d'un pays à l'autre, en raison de la nature des sols, des éléments qu'ils contiennent, de leur état physique, des circonstances de culture, etc.

Nous avons effectué, il y a quelques années, une série d'analyses de ces racines venues de différents pays et récoltées dans des conditions très-variables. Elles sont inscrites dans les tableaux suivants :

ANALYSES DES BETTERAVES

	EAU	SUCRE	Albumine, cellulose, etc.	Matières minérales
N.ᵒˢ 1. Betteraves sans engrais (Quesnoy).	85.55	10.09	3.644	0.716
— 2. Id. fumées avec de l'engrais flamand (Quesnoy).	85.30	9.73	4.167	0.803
— 3. Id. fumées avec des tourteaux (Quesnoy).	85.65	9.53	4.091	0.729
— 4. Id. fumées avec du guano (Quesnoy).	86.00	8.80	4.532	0.668
— 5. Collets des betteraves du numéro 3.	86.76	6.60	5.773	0.867
— 6. Betteraves des marais de Saint-Omer fumées avec du limon.	88.74	6.87	3.418	0.972
— 7. Id. des relais de, mer de Dunkerque, non fumées.	87.26	7.15	4.512	1.078
— 8. Id. de Lille, fumées avec beaucoup d'engrais flamand.	89.70	5.22	4.209	0.871
— 9. Id. de Nevers, fumées avec du fumier et de l'eng. liquide	84.72	11.00	3.510	0.770
—10. Id. de l'Aisne, fumées avec du fumier et de l'eng. liquide	78.50	13.75	6.450	.300

ANALYSES DES CENDRES DE CES BETTERAVES

	Carbonate de potasse	Carbonate de soude	Sulfate de potasse	Chlorure de potassium	Chlorure de sodium	Phosphate de soude et pertes	Matières insolubles
N.os 1. Betteraves sans engrais (Quesnoy).	33.362	20.499	4.963	10.861	»	4.249	26.066
— 2. Betteraves fumées avec de l'engrais flamand (Quesnoy).	27.832	22.745	5.160	15.522	»	4.614	24.127
— 3. Betteraves fumées avec des tourteaux (Quesnoy).	25.618	26.268	6.923	11.369	»	4.543	25.339
— 4. Betteraves fumées avec du guano (Quesnoy).	31.241	19.756	6.917	8.108	»	4.551	29.427
— 5. Collets des betteraves du N.o 3.	6.196	30.632	10.813	9.069	»	1.920	41.440
— 6. Betteraves des marais de Saint-Omer, fumées avec du limon.	»	34.456	4.767	33.877	7.402	4.172	15.236
— 7. Betteraves des relais de mer de Dunkerque, non fumées.	7.714	39.044	3.760	30.971	»	3.843	14.068
— 8. Betteraves de Lille, fumées avec beaucoup d'engrais flamand.	18.399	30.277	4.468	20.807	»	3.313	22.736
— 9. Betteraves de Nevers, fumées avec du fumier et de l'engrais liquide.	54.428	4.031	4.084	14.471	»	0.747	22.239
—10. Betteraves de l'Aisne, fumées avec du fumier et de l'engrais liquide.	44.999	5.562	6.037	18.145	»	0.585	24.672

La matière insoluble contient: Acide phosphorique, acide carbonique, chaux, magnésie, fer, silice.

On remarquera que la quantité de sucre varie considérablement dans les betteraves, suivant les pays et le milieu dans lequel elles se sont développées. Cette quantité est particulièrement faible aux portes de Lille où, depuis un temps immémorial, les terres sont soumises à la culture intensive par l'abondance des excréments liquides dont elles sont surchargées.

Au premier examen, il semble que ces déterminations donnent gain de cause à la théorie qui tend à établir une corrélation, une dépendance mutuelle, entre la production du sucre dans les betteraves, et l'absorption par leurs spongioles de la potasse contenue dans le sol. En effet, on remarque que celles qui sont originaires des départements de la Nièvre et de l'Aisne, sont plus riches que les autres en sucre en même temps qu'en sels de potasse. Cependant cette loi perd de sa probabilité si l'on compare, sous ce point de vue, les betteraves récoltées dans des localités plus rapprochées.

Depuis plusieurs années, nous avons fait de fréquentes recherches à l'effet de découvrir si l'on augmenterait la richesse des betteraves dans le département du Nord, en ajoutant des sels de potasse aux engrais qu'on leur procure. Nous n'avons eu que des résultats douteux ou négatifs. L'an dernier même, avec le concours de plusieurs de nos amis, chimistes, agriculteurs ou fabricants de sucre, nous avons poursuivi sur ce sujet un grand nombre d'expériences sur des betteraves qui ont été ultérieurement analysées. Les résultats de nos analyses sont consignés dans le tableau suivant qui indique les richesses saccharines respectives de ces betteraves, ainsi que les matières salines qu'on avait mises à leur disposition :

NUMÉROS	BETTERAVES ANALYSÉES	Sans matière saline	Salin brut de betteraves	Chlorure de potassium	Sulfate de potasse	Carbonate de potasse
1	Richesse saccharine. . .	8,20	7,75	8,80	8,05	8,80
2	idem.	9,10	»	»	9,00	»
3	idem.	9,30	»	»	9,20	»
4	idem.	8,58	9,00	8,35	7,76	7,40
5	idem.	7,80	»	»	»	8,00
MOYENNE. . .		8,59	8,37	8,57	8,50	8,07

Il résulte de ces essais, que l'addition des sels de potasse dans les terres de l'arrondissement de Lille, où l'on cultive les betteraves, ne semble pas accroître la richesse en sucre de ces racines. Nous ajouterons que, d'après les pesées qu'on a faites, ces matières salines n'ont eu aucune influence sur le poids des récoltes.

Du reste, les terres de cet arrondissement se prêtent mal à de semblables expériences. Abondamment pourvues de sels minéraux, de phosphates, etc., par suite des nombreuses fumures et des amendements qui leur sont prodigués depuis des siècles, un supplément de substances minérales n'ajoute rien à leur fertilité, et les plantes (*les betteraves au moins*) n'en ressentent pas l'influence. Ce n'est qu'en ajoutant aux matières salines des corps azotés ou des sels ammoniacaux, et réciproquement, c'est-à-dire en utilisant des engrais complets, qu'on exalte la fécondité du sol.

On peut faire à ces expériences une objection spécieuse, c'est que rien ne prouve que les betteraves aient absorbé les matières salines qui ont été mises en contact avec elles, et que dès lors, il n'est pas étonnant qu'elles n'en aient pas ressenti l'influence. Nous pouvons répondre à cette objection, qu'ayant effectué des recherches de même nature, il y a déjà longtemps, et ayant examiné les betteraves récoltées, il en est résulté que la proportion d'alcalis n'avait pas augmenté dans les cendres des racines qui avaient eu à leur disposition un supplément de salins de potasse brute. Ces faits sont en parfaite harmonie avec des observations présentées par l'illustre chimiste agronome de Munich, dans son intéressant ouvrage intitulé : « *Les lois naturelles de l'Agriculture* ».

« Les plantes n'absorbent un élément minéral dans le

sol, que dans un certain rapport avec les autres principes alibiles.

Si cet élément fait défaut ou s'il s'y trouve en *minimum*, le rendement peut être influencé d'une manière très-défavorable, mais si au contraire il y réside en proportion suffisante, il n'y a aucun avantage actuel à en ajouter au sol. L'excès devient inutile. »

Il est difficile, dès-lors, de décider si les sels alcalins, mis à la disposition des betteraves dans les expériences que nous venons de citer, ont été absorbés par elles. Il est probable que ces racines se sont assimilé indifféremment les matières minérales ajoutées en excès ou celles qui préexistaient dans le sol et dans les autres engrais.

Nous avons du reste discuté cette question précédemment, à propos de l'influence des phosphates dans la végétation des plantes cultivées.

EXAMEN DES BETTERAVES SOUS DIFFÉRENTS ÉTATS.

Le tableau suivant représente la composition chimique de la betterave examinée à trois périodes différentes de sa végétation :

1.º A l'état normal tel qu'on l'obtient généralement.

2.º Lorsqu'elle a monté en graines, pendant sa première année de végétation.

3.º Après avoir donné des graines mûres à la fin de sa période régulière de végétation bisannuelle.

Entr'autres observations importantes auxquelles donnent

lieu ces recherches , on remarque que la betterave qui a monté
en graines la première année , contient encore du sucre et de
l'acide phosphorique ; tandis que ces éléments ont disparu
complétement de la racine qui n'a donné des graines qu'à
la fin de son existence normale.

	Betteraves à l'état normal	Betteraves ayant donné des graines la 1.re année	Betteraves de 2.me année après la maturité des graines
Eau.	85,550	83,470	90,350
Sucre.	10,090	9,900	0,000
Cellulose.	0,840	1,897	2,950
Pectose , albumine , matières incrustantes , etc.	2,804	3,173	4,580 (**)
Acide phosphorique. . .	0,077	0,020	0,000
Potasse, soude, chaux, etc.	0,639	1,540	2,120
	100, » (*)	100, »	100, »

(*) Cette betterave renfermait 0 g. 258 d'azote pour cent de son
poids à l'état normal. M. Boussingault a trouvé dans la betterave à
sucre 0 g. 250 d'azote. Les deux résultats sont donc parfaitement
concordants.

(**) Dans ces chiffres, la matière incrustante domine. Lorsque la
betterave a donné des graines mûres, les substances azotées y sont
remplacées en grande partie, peut-être en totalité, par des nitrates.

On ignore la cause qui fait *monter* les betteraves en tiges pendant la première année de leur végétation. Faut-il attribuer ce phénomène à la dégénérescence de l'espèce, à l'état d'épuisement de la semence ? Ce qui militerait en faveur de cette opinion, c'est que, lorsqu'on prélève de la graine sur une betterave qui en a donné dans ces conditions anormales, et qu'on la sème au printemps suivant, on obtient une grande quantité de plantes ayant la même disposition que le sujet qui les a procréées.

Lorsqu'il apparaît une certaine quantité de betteraves *montées* dans un champ, ce qui est laid et disgracieux, ce qu'on a de mieux à faire, c'est de les arracher jeunes encore, pour les donner au bétail. Elles ne produisent ordinairement que de petites racines, ligneuses, peu profitables au cultivateur. On perd son temps en se bornant à couper la tige terminale, car il se forme bientôt des rameaux axillaires.

INFLUENCE DE LA GRAINE.

Tout le monde sait que les diverses espèces de betteraves, ne sont pas également propres à acquérir une richesse saccharine supérieure. Depuis longtemps, les fabricants ont observé que les races les plus avantageuses à cet égard, sont originaires du Nord de l'Allemagne et de la Pologne. Il convient de les acclimater en France et de les améliorer par un choix intelligent des porte-graines.

Nous avons eu l'idée, il y a quelques années, de faire venir de l'Allemagne, non pas des graines, mais des betteraves mêmes qui contenaient une proportion de sucre très-élevée. Plantées dans l'arrondissement de Lille, ces racines nous ont donné des semences qui, à leur tour, ont engendré des betteraves de qualité supérieure.

Ayant semé ces graines dans une terre vierge, de consistance légère, médiocrement fumée, nous avons obtenu des betteraves dont le jus contenait de quinze à dix-huit grammes de sucre par décilitre.

Lorsqu'on a acquis ainsi une race de betteraves d'une grande valeur, il importe encore d'en conserver la pureté en choisissant pour semenceaux, des sujets d'une conformation parfaite et d'éviter de les planter dans le voisinage d'autres betteraves d'une origine douteuse, ce qui pourrait occasionner un abâtardissement préjudiciable. Une bonne espèce de betteraves peut être une source de richesse pour un industriel.

CULTURE DES GRAINES DE BETTERAVES.

Lorsque le cultivateur a fait un choix convenable des betteraves qu'il destine à porter de la graine, il les plante au mois de mars, dans un sol qui a reçu plusieurs labours profonds et une quantité d'engrais qui se compose souvent par hectare de : 2200 kilos tourteaux ou une proportion équivalente d'engrais flamand, soit 330 hectolitres.

Les racines sont placées dans des lignes parallèles, distantes de 60 à 70 centimètres. Elles sont espacées ordinairement dans les lignes mêmes à 38 centimètres.

On donne ensuite les cultures entre les lignes, et quand les nouvelles feuilles ont atteint environ 15 centimètres de hauteur, on bute les plantes à la houe, quelquefois avec un instrument traîné par un cheval.

La récolte peut s'élever en moyenne à 2500 kilos de graines par hectare.

On a prétendu que la betterave condense, dès la première année dans sa racine, toutes les substances nutritives qui seront ultérieurement nécessaires aux fruits. Cette assertion est inexacte. Elle continue, pendant sa seconde période de végétation, à puiser dans le sol des éléments utiles aux organes reproducteurs. Nous avons constaté que la totalité de la graine récoltée, peut contenir quatre à cinq fois plus d'acide phosphorique qu'il y en avait primitivement dans la racine, lorsque celle-ci est isolée et qu'elle a reçu beaucoup d'engrais. Dans ces conditions, on obtenait jusqu'à 200 grammes de graines par pied.

EXAMEN DES PRODUITS EXPOSÉS.

Trois cultivateurs avaient envoyé à notre Exposition collective, des betteraves et des graines de diverses origines. C'étaient MM. Despretz de Capelle, Simon Legrand et Lepeuple-Lecouffe de Bersée (Nord).

Les betteraves de M. Despretz, conservées dans des dissolutions de sulfate d'alumine et de sel marin, pouvaient être considérées comme des types de diverses espèces importantes, propres à la fabrication du sucre Quoiqu'elles fussent pour la plupart d'un gros volume, elles avaient néanmoins une richesse saccharine satisfaisante, ainsi que l'attestent les analyses faites par un chimiste distingué, M. Charles Viollette, professeur à la Faculté des Sciences de Lille.

En voici les résultats :

Numéros d'ordre	Poids des betteraves	Sucre pour cent parties de la betterave
1	2544 g.	11,1
2	1700	9,4
3	1500	10,0
4	1375	11,6
5	1372	9,4
6	1345	9,4
7	1165	10,9
8	1107	10,0
9	1009	11,1
10	987	12,8
11	790	11,9
12	510	13,9

M. Desprelz et ses fils, cultivent une étendue de 400 hectares, dont ils consacrent une grande partie à la production de la graine de betteraves. Leur exploitation est en ce genre la plus importante de l'Europe.

Voici la nomenclature des espèces de betteraves formant la collection exposée par ces agriculteurs :

Betterave blanche de Silésie (environs de Breslau).

  »   rose.   »   »

  »   blanche de Pologne (environs de Varsovie).

  »   rose   »   »

  »   blanche de Magdebourg.

  »   rose   »   »

FI.   F

Betteraves blanche Knauer des environs de Halle (Saxe).

> »   rose   »
> »   blanche d'Ochersleben (Prusse).
> »   rose   »
> »   blanche des provinces Rhénanes.
> »   rose   »   »   »
> »   jaune d'Allemagne
> »   à collet gris
> »   » » vert
> »   » » rose , etc. , etc.

Ces betteraves ont été introduites et acclimatées par les exposants. Améliorées par une judicieuse sélection , elles sont très-propres à la fabrication du sucre.

Les progrès que ces cultivateurs ont accompli dans la culture de la graine de betteraves et le développement qu'ils lui ont donné , ont été une source de prospérité pour la contrée qu'ils habitent , aussi le Jury leur a-t-il décerné une médaille d'or.

2.° M. LEPEUPLE de Bersée.

Les espèces exposées par ce cultivateur étaient les suivantes :

Betterave rose de Silésie acclimatée.

> »   verte   »   »
> »   blanche du Nord. »
> »   rose de Prusse.   »
> »   blanche   »   »
> »   »   de Pologne. »
> »   rose   »   »
> »   blanche de Magdebourg acclimatée.
> »   »   Knauer (Prusse)   »

3.° M. Simon LEGRAND de Bersée.

Sa collection se composait des variétés de betteraves suivantes :

Betterave rose de Silésie.
   »   blanche »
   »   »   d'Allemagne.
   »   »   de Knauer.
   »   »   de Pologne.
   »   rose   »
   »   jaune de Hesbay.
   »   à collet rose.
   »   »   vert
   »   »   gris
   »   »   rosé
   »   rose impériale.

Ces betteraves étaient représentées aussi par des photogra-
phies qui permettaient de comparer les formes, le diamètre, la
longueur , le développement du collet , en un mot , tous les
caractères extérieurs qui distinguent ces racines. Elles étaient
accompagnées de leurs tiges respectives chargées de semences ,
et d'une légende indiquant la densité de leur jus et sa richesse
saccharine.

HOUBLON.

Deux cultivateurs avaient envoyé à l'Exposition des cônes de houblon recoltés dans l'arrondissement d'Hazebrouck. C'étaient :

1.° M. Bourel, de Steenvorde.
2.° M. Vandewalle, de Berthen.

D'après sa déclaration, ce dernier avait planté en 1866 trois hectares de houblonnières. Il évalue à 3,300 le nombre de pieds réunis sur un hectare, et porte le rendement pour la même superficie à 3,425 kilos de cônes disposés pour la vente aux brasseries.

PLANTES OLÉAGINEUSES.

Troisième Groupe.

COLZA. — ŒILLETTES. — CAMÉLINE.

Jusque dans ces derniers temps, dans l'arrondissement de Lille, le colza d'hiver était cultivé en pépinière, puis repiqué à l'aide du plantoir, dans un champ de l'exploitation ; mais depuis que la main-d'œuvre est devenue très-coûteuse, les cultivateurs, obligés de simplifier leurs opérations, sèment généralement cette plante oléagineuse en ligne, à la place qu'elle doit occuper.

Le semis en pépinière a lieu à la fin d'août sur une terre qui a porté la même année de l'hivernage, de l'escourgeon coupé en vert ou toute autre plante qui a été fauchée pour fourrages. La terre est bien préparée, parfaitement nettoyée et fumée avec abondance. Le semis devant être fort serré, on n'épargne pas la semence ; on herse, on roule, et souvent on arrose le sol avec de l'engrais flamand pour faciliter la germination.

Pendant que les jeunes plantes se développent, on prépare le sol sur lequel on doit opérer la transplantation. C'est ordinairement à la suite d'une récolte de lin, de blé, d'hivernage ou d'avoine, qu'on place définitivement les colzas.

Après avoir déchaumé à l'aide de l'extirpateur, on donne à la terre un ou deux labours pour détruire les mauvaises herbes, plus tard on applique le fumier (une demi-fumure d'environ 25 à 30,000 kilos par hectare) et on le laboure à la profondeur de 25 centimètres, un jour ou deux avant de procéder au repiquage des plants.

Le champ est divisé en planches de trois à quatre mètres de largeur et de toute la longueur du terrain, séparées par des fossés ouverts d'abord avec la charrue, approfondis et élargis plus tard au louchet.

Outre cette dose de fumier appliquée avant la plantation, on répand généralement au printemps, entre les jeunes colzas, une fumure de tourteaux, de guano ou d'engrais flamand dans des proportions équivalentes, soit :

> 1100 kilos tourteaux
> ou 360 kilos guano
> ou encore 165 hect. engrais flamand. } par hectare.

Cette seconde dose de matières fertilisantes donne de la vigueur aux jeunes plantes et imprime une activité nouvelle à leur végétation. Aussi, en quelques semaines, si la température s'adoucit, voit-on nos champs de colza dérouler leurs tapis d'or au milieu de la verdure printanière.

Les proportions d'engrais que nous venons d'indiquer sont assez en usage aux environs de Lille, mais il ne faut pas les considérer comme constantes. Le fermier juge des fumures qui sont opportunes dans ses champs, par celles qui ont été données aux *avéties* (*) précédentes et par la

---

(*) On désigne sous la dénomination générique *d'avéties*, dans l'arrondissement de Lille, toute espèce de plantation sur pied, en grains, graines, fourrages, etc., faite, soit avant l'hiver, soit au printemps. Ce mot n'est pas usité en français, nous l'emploierons néanmoins ainsi que d'autres expressions transmises chez nos cultivateurs par la tradition, en ayant soin d'en expliquer le sens.

nature du sol qu'il cultive. Ainsi nous avons vu précédemment que lorsque le colza succède au tabac, il ne reçoit pas d'engrais. Au contraire, les proportions indiquées peuvent augmenter quelquefois, lorsque la fertilité du sol a été amoindrie par des cultures antérieures auxquelles on n'a pas appliqué de fumure spéciale.

Dans l'arrondissement de Dunkerque, M. Dantu-Dambricourt à Steene donne pour engrais à ses colzas plantés, par hectare :

27 mètres cubes de fumier
et 225 kilos guano ou 90 hectolitres de vidanges.

Le rendement d'après la déclaration de cet honorable agriculteur est en moyenne de 27 à 30 hectolitres de graines par hectare.

Le colza est repiqué dans la terre fraîchement labourée, dont l'humidité favorise la reprise des jeunes plantes. A l'aide d'un plantoir, un ouvrier pratique un trou, une femme y dépose un jeune colza et ferme ce trou en comprimant la terre avec le pied droit.

Dix ou douze jours après le repiquage et dès que les colzas ont repris de la vigueur, on procède au *ruotage*. Cette importante opération s'exécute ainsi : Un ouvrier approfondit au louchet les fossés qui séparent les planches, et dépose avec précaution le cube de terre enlevé à droite et à gauche au pied de chaque plante. Comme cet ouvrier peut atteindre avec son outil le milieu des planches, il parvient à les couvrir de mottes de terre qui préservent souvent les jeunes colzas contre les froids de l'hiver. Par l'action de la gelée ces mottes se désagrègent, foisonnent, et au printemps entourent le pied des plantes d'une couche de terre ameublie, qui procure aux racines de nouveaux principes fertilisants.

Le ruotage a pour résultat d'assainir le sol, de l'approfondir et de renouveler la couche supérieure, en lui fournissant de vieilles et précieuses fumures qui s'étaient accumulées à la surface du sous-sol.

Dans plusieurs localités, on replante les colzas à la charrue. Cette méthode est plus expéditive que la précédente, mais on prétend qu'elle donne généralement moins de produit.

La cherté de la main-d'œuvre et la difficulté de se procurer des ouvriers ont fait abandonner depuis quelques années par la plupart des fermiers la méthode de culture au plantoir que nous venons de décrire.

Aujourd'hui, on sème le plus souvent le colza *en place*, et en lignes à l'aide du semoir, dans la proportion de 11 litres par hectare. Cette méthode est sans doute plus économique, mais elle est exposée à plus de chances défavorables que la précédente. Si l'automne est froid, l'hiver prématuré, les jeunes semis ébranlés par les sarclages et le *démariage*, ont peine à prendre racine, tandis que le colza planté, étant plus vigoureux et plus profondément fixé dans le sol, continue à se développer. Il est souvent impossible de *ruoter* les premiers avant l'hiver, on les briserait infailliblement; les seconds, au contraire, supportent toujours cette opération en temps convenable. Dès lors, ceux-ci, mieux affermis, résistent aux rigueurs de l'hiver, les autres restent chétifs et ne donnent qu'une faible récolte.

Chez M. Pilat de Brebières, le colza est semé dans les premiers jours de Septembre en lignes distantes de 44 centimètres. On espace ensuite les plantes avec la *razette*, à 25 centimètres dans les lignes. Dans son exploitation, la terre reçoit pour cette *avétie* qui succède ordinairement à l'hivernage ou à l'escourgeon 40 à 50,000 kilos de fumier d'étable, qui est enfoui par un labour d'environ 20 centimètres.

La récolte de colza a lieu au mois de juillet. On le coupe avant qu'il soit mûr pour éviter une perte de grain qui pour-

rait être considérable , si on attendait plus longtemps. Le
rendement moyen est de 30 hectolitres à l'hectare ; dans les
années favorables , ce rendement dépasse quelquefois 40 hectolitres. M. Pilat de Brebières , en a obtenu 52 hectolitres
en 1866 , il ne faut pas s'en étonner. De mémoire d'homme ,
les colzas n'ont jamais été si productifs que cette année là.

PRODUITS EXPOSÉS.

Parmi les plantes de colza en tiges qui figuraient dans notre
pavillon , nous mentionnerons particulièrement :

Une gerbe de colza d'hiver à fleurs jaunes , envoyée par
M. Dantu-Dambricourt de Steene , arrond. de Dunkerque ;

Une gerbe de colza, dit parapluie, exposée par M. Vercoustre
de Bourbourg ;

Un échantillon de colza à fleurs blanches , et un à fleurs
jaunes , envoyés par M. Vandewalle de Berthen , arrondissement d'Hazebrouck.

Semées dans la proportion de 10 litres , ces deux dernières
variétés ont rendu 45 hectolitres par hectare , sur une superficie totale de quatre hectares , d'après la déclaration de
M. Vandewalle.

COLZA A FLEURS BLANCHES.

La culture de cette variété a lieu absolument de la même
manière que celle de la variété ordinaire Elle est assez estimée parce qu'elle mûrit tardivement et qu'on peut en faire
la récolte après avoir terminé celle du colza à fleurs jaunes.
Aussi les fermiers qui cultivent cette plante oléagineuse sur

une grande étendue de leur exploitation, ont-ils la coutume, pour faciliter leurs travaux, de semer les deux variétés.

Le colza à fleurs blanches jouît d'une propriété précieuse, les siliques sont moins exposées à s'égréner que celles de l'autre variété à fleurs jaunes, de telle sorte que la perte est moindre pendant les opérations de la récolte.

COLZA DIT PARAPLUIE.

Il est ainsi nommé parce que ses siliques portées sur des pétioles allongés, affectent un peu la forme d'une ombelle. Il a joui d'une certaine faveur, mais aujourd'hui, la culture en est abandonnée dans l'arrondissement de Lille.

CAMÉLINE.

Cette crucifère n'est ordinairement cultivée dans l'arrondissement de Lille, que pour remplacer des récoltes qui manquent. Comme on peut la semer encore vers la fin de mai, elle est la dernière ressource du cultivateur obligé de labourer de jeunes betteraves, dont la levée est trop irrégulière et donne peu d'espoir d'une récolte avantageuse. Elle remplace quelquefois aussi des colzas, des lins, arrêtés dans leur développement par la gelée ou par l'invasion des pucerons.

La terre étant labourée et hersée convenablement, on répand la semence dans la proportion de 7 à 10 litres par hectare.

Le rendement en moyenne est assez variable. D'après une déclaration émanée de la société d'Agriculture de Bourbourg, il peut atteindre en cette localité 34 hectolitres par hectare.

Les tiges de caméline sont utilisées ordinairement à confectionner des balais. La graine conservée un mois ou deux avant d'être envoyée au moulin, sert à fabriquer une huile moins estimée que celle du colza.

Les tourteaux de caméline jouissent d'une réputation qui les font rechercher par les cultivateurs. On leur attribue la propriété d'écarter les vers, les insectes, des terrains qui en sont infectés. Faut-il croire que cet avantage est dû à l'huile essentielle qu'ils renferment, à l'odeur qu'ils répandent? Quoiqu'il en soit, une opinion aussi universellement accréditée ne doit pas être un préjugé et mériterait d'appeler l'attention des savants et des praticiens éclairés.

Les personnes dont les noms suivent, avaient envoyé à notre pavillon de fort belles gerbes de caméline ainsi que de la graine :

MM. Demaegt à Morbecque ;
    Porquet à Bourbourg ;
    Claudorez à Hazebrouck ;
    Destombes à Roncq ;
    Waguet à Bourbourg.

D'après la déclaration de M. Destombes, un hectare de caméline lui avait rendu 25 hectolitres de graines.

ŒILLETTES.

Cette papavéracée est particulièrement l'objet d'une culture assez importante dans l'arrondissement de Douai. On la rencontre encore fréquemment près de la ville d'Hazebrouck, plus rarement dans les environs de Lille.

L'œillette succède ordinairement au blé, aux fèves, au trèfle, à l'hivernage. Au mois d'avril, on sème en lignes ou on jette la semence à la volée, à raison de 6 litres environ par hectare dans une terre qui a reçu du fumier avant l'hiver, et au printemps du tourteau ou du guano.

Dans les localités où l'on peut se procurer de l'engrais flamand, on le répand de préférence après la semaille, pour activer la germination.

La graine fine et délicate ne doit être recouverte que d'une couche de terre très-superficielle, à l'aide d'un léger coup de herse et du rouleau. Il est essentiel d'ameublir le sol avec beaucoup de soin.

Lorsque les œillettes ont atteint environ 5 centimètres de hauteur, on procède aux sarclages et on éclaircit les plantes, de manière à les espacer au moins à 20 centimètres.

La récolte des œillettes a lieu à la fin d'août, un peu avant leur maturité. Les plantes sont arrachées à la main et rangées en bottes verticales et en lignes, jusqu'à ce que les capsules soient desséchées, et les graines noires.

Dans les environs de Bergues, les œillettes reçoivent pour engrais 30 à 35 mètres cubes de fumier et 400 kilos guano par hectare. Le rendement moyen est de 22 à 28 hectolitres.

De fort belles tiges munies de leurs capsules, ainsi que de la graine d'œillette, figuraient à notre Exposition. Elles avaient été envoyées par :

MM. Dantu-Dambricourt de Steene.
    Dequidt d'Hazebrouck.
    Blondé d'Ochtezeele.
    Marquant de Gondecourt.

PLANTES TEXTILES.

―――――

Quatrième Groupe

CHANVRE — LIN

La culture du chanvre est peu répandue dans le département du Nord. Elle n'est en usage que dans les arrondissements de Valenciennes, Dunkerque et Douai, où elle occupe du reste, une superficie de terre fort limitée.

Le lin, au contraire, est cultivé dans tout le département, particulièrement dans les arrondissements de Lille, Dunkerque, Hazebrouck.

Nous indiquons ici, d'après la statistique officielle, l'importance de la culture des plantes textiles dans chacun de nos arrondissements, en faisant observer, toutefois, que ces chiffres ne doivent inspirer qu'une confiance limitée, car nous savons, par exemple, que dans le canton de Saint-Amand (arrondissement de Valenciennes), le chanvre occupe généralement plus de 200 hectares, tandis que la statistique, n'en accuse que 136 pour tout l'arrondissement.

Voici les étendues relatives des terres cultivées en plantes textiles (chanvre et lin), dans les divers arrondissements du département du Nord :

ARRONDISSEMENTS	CHANVRE	LIN (*)
	hectares	hectares
Avesnes. . .	0	451
Cambrai. . .	5	435
Douai. . . .	104	1528
Dunkerque. .	126	3359
Hazebrouck. .	0	2294
Lille. . . .	40	3690
Valenciennes..	136	393
	411	12,150

CULTURE ET PRÉPARATION DU LIN.

La culture du lin est pratiquée depuis un temps immémorial dans les diverses contrées qui forment aujourd'hui le département du Nord. Lorsque les Romains firent la conquête de la Gaule, nos champs de lin les frappèrent d'admiration et ils

(*) D'après la statistique, les rendements de l'hectare en filasse de lin sont si disparates, qu'ils ne peuvent inspirer aucune confiance, aussi ne les avons-nous pas mentionnés.

apprirent de nos ancêtres l'art de cultiver avec succès cette plante précieuse (*).

Dans l'arrondissement de Lille, le lin se sème le plus souvent après trèfle, blé, avoine. On a remarqué que celui qui succède à cette dernière céréale, donne de la filasse de premier choix. Aussi nos cultivateurs adoptent-ils ordinairement cet ordre de succession. Cette plante ne doit revenir sur un même sol qu'après un intervalle de sept à huit ans. Vouloir diminuer cet intervalle, ce serait s'exposer à ne réaliser qu'une récolte chétive et de peu de valeur.

Le nombre et la profondeur des labours nécessaires varient suivant la culture précédente. Ainsi quand il s'agit de remplacer le trèfle par du lin, il suffit d'un seul labour superficiel qui est pratiqué ordinairement en novembre ou décembre (**). Lorsque le lin doit succéder à l'avoine, on répand sur le champ une demi-fumure de fumier, on l'enfouit vers le mois d'octobre par un léger labour, puis en hiver, on donne un labour profond (***). Au printemps, quinze jours au moins avant de semer, on jette sur le champ 1100 kilos tourteaux d'œillette ou de chanvre en poudre. Dès que le temps est convenable et la terre bien essuyée, on herse énergiquement

---

(*) Strabon et Pline, nous disent que de leurs temps notre pays, quoique fort boisé produisait beaucoup de blé, du millet, et quantité de lin avec lequel on faisait différentes sortes de toiles.

(**) Le sol est suffisamment ameubli par les racines du trèfle, pour ne pas exiger de profond labour. Ainsi que nous le verrons plus loin, cette observation avait déjà été faite par Olivier de Serres.

(***) Lorsque la main-d'œuvre était moins rare qu'aujourd'hui, on donnait souvent aux terres destinées à la culture du lin surtout aux terres légères, une préparation excellente qu'on appelle « lit à vent ». Cette préparation qui s'exécute avec la charrue et la bêche, est encore usitée quelquefois pour *faire la remise* du blé et semer de l'avoine. Nous en dirons quelques mots, en parlant des céréales.

en long et en travers, on la laisse sécher et on roule, de
manière à la réduire pour ainsi dire en poussière. Cet ameublissement parfait est une condition essentielle de succès. (°)
On fait ensuite de légers sillons à l'aide d'une petite herse à
dents serrées, dite herse linière et on sème la graine à la
volée (**) dans la proportion de 250 à 275 litres par hectare.
Cette opération terminée, on donne un ou deux hersages et
on fait passer, pour couvrir la graine, un rouleau léger qu'un
ou deux hommes promènent sur le sol. On a soin de ne plus
se servir de chevaux, parce que leurs pieds comprimeraient
la terre, enfonceraient la graine et l'empêcheraient de lever.

Dans les environs de Lille, on remplace souvent les tourteaux par l'engrais flamand qui s'emploie dans la proportion
de 165 hectolitres par hectare. Il est essentiel de l'appliquer
au sol longtemps avant de semer, car on a reconnu que les
lins fumés avec des vidanges surtout lorsqu'elles sont répandues tardivement, restent souvent verts, ont une mauvaise
maturité et par suite une filasse plus grossière. Les lins fumés
avec du guano sont aussi frappés de défaveur parce qu'ils
donnent moins de filasse au teillage. Les tourteaux et surtout
ceux de chanvre, d'œillette, sont, de tous les engrais, ceux
qui conviennent le mieux au lin. Leur décomposition rapide,

(°) Cette nécessité d'émietter la terre pour semer du lin, est connue
depuis un temps immémorial, de là ce vieux proverbe Lillois:

« Pour semer lin, il faut lasser l'erche (la herse). »

(**) Depuis trois ans, M. Demesmay fait semer ses lins en lignes
distantes de 11 centimètres, à l'aide du semoir Jacquet-Robillard.
Nous avons eu la satisfaction de voir cette année, (juin 1868), chez
cet éminent agriculteur, une belle pièce de 6 hectares qui était très-
remarquable par la régularité des tiges.

On apprécie immédiatement combien cette nouvelle méthode de
culture de notre plante textile est avantageuse au point de vue de la
facilité et de l'économie des sarclages.

dit M. Lecat-Butin, accélère la maturité de cette plante textile, la tige acquiert une couleur plus brillante, la filasse qu'on en extrait est plus fine et plus soyeuse ; en un mot, c'est avec cet engrais qu'on obtient le lin de premier choix.

Lorsque le sol n'a pas reçu de fumier avant l'hiver, on double ordinairement la dose de matière fertilisante du printemps. Ainsi on emploiera :

330 hectolitres d'engrais flamand ;
ou 700 kilos guano du Pérou ;
ou encore 2,200 kilos tourteaux de chanvre ou d'œillette.

Le lin étant levé, on procède aux sarclages dès qu'il a atteint 4 à 5 centimètres de hauteur. Ces opérations sont effectuées avec beaucoup de soins et de précautions. Aussi rien de plus flatteur au regard que l'aspect d'un champ de lin au moment de la floraison, on dirait un tapis de velours qui suit les ondulations de la brise.

La récolte du lin a lieu ordinairement au mois de juillet ; comme le but du cultivateur est d'obtenir une filasse douce, moëlleuse et fine, il faut éviter d'attendre pour l'arracher, que la graine soit arrivée à maturité.

Chez M. Dantu-Dambricourt, à Steene, près Bergues, le lin ne revient que tous les dix ans dans la même terre. Le plus estimé est également celui qui succède à une sole d'avoine. Lorsqu'on a l'intention de semer du lin après cette céréale, on fume celle-ci avec 26 à 28 mètres cubes de fumier d'étable, (*) et on ne répand ensuite aucun engrais pour le lin, au

---

(*) Ce fumier, d'après l'avis des praticiens, ne produit pas d'effet marqué sur l'avoine, parce qu'il est trop récent, il n'agit que pour le lin qui succède.

Fl. G

moins dans les sols de bonne qualité. Ce n'est que dans les terrains sablonneux, peu fertiles de leur nature, qu'on verse au printemps, avant de semer, 70 à 80 hectolitres de vidange.

Dans le canton de Saint-Amand, on sème encore, de préférence, le lin après avoine. On donne un labour et une bonne demi-fumure en automne, et on dispose la terre au printemps avec l'extirpateur, la herse et le rouleau. Cette récolte se vend sur pied, à des entrepreneurs qui se mettent aussitôt à l'abri de toutes les vicissitudes atmosphériques, moyennant une prime d'assurances peu coûteuse.

Dans les deux cantons de Saint-Amand-les-eaux, on cultive environ 80 hectares de lin fin, dit ramé. Nous dirons quelques mots de cette qualité de lin.

Aux environs de Douai, chez M. Pilat à Brebières, le lin est semé ordinairement après blé ou avoine. On pratique un labour profond avant l'hiver sans application de fumier, et au printemps, on répand sur le sol 1000 kilos de tourteaux de colza, d'œillette ou de chanvre par hectare. Le rendement moyen est de 5040 kilos de lin brut pour la même superficie.

Les variations que nous venons de signaler dans l'emploi des engrais pour le lin confirment ce que nous avons dit précédemment, qu'il n'est pas possible d'établir de règle à cet égard. La nature du terrain et l'assolement adopté dans la ferme, indiquent au cultivateur expérimenté la marche qu'il doit suivre pour l'administration de son domaine. Dans les sols compacts, difficiles à ameublir, l'application du fumier d'étable doit être fréquente, au contraire dans les terres légères, il faut en user avec plus de ménagements et employer des engrais liquides ou pulvérulents. Nous nous abstiendrons dorénavant de répéter cette observation, mais il doit être bien entendu que les renseignements que nous donnons n'ont rien d'absolu.

Nous n'entrerons pas dans de plus grands détails sur la culture du lin dans l'arrondissement de Lille. Les personnes qui voudraient se renseigner sur ce sujet ainsi que sur le rouissage et le teillage de cette plante textile, peuvent consulter avec fruit la brochure publiée par MM. J. Dalle et Lecat-Butin, sous le titre : *La culture, le rouissage et le teillage du lin*, 1865 ; Lille.

EXAMEN DES PRODUITS EXPOSÉS.

Parmi les nombreux échantillons de lins qui figuraient dans le pavillon du Nord, on remarquait surtout la superbe collection de lins bruts, rouis, teillés, peignés et blanchis, appartenant à M. J. Dalle de Bousbecques. La finesse, l'éclat soyeux de ces lins, leur blancheur, faisaient l'admiration de tout le monde, et on peut attester qu'aucun pays n'avait envoyé à l'Exposition universelle, des produits similaires, dignes de leur être comparés.

M. Dalle, qui a acquis dans la pratique de son art une grande expérience due à de nombreuses observations, avait mis sous les yeux du public, non-seulement des types brillants de la culture et de la préparation du lin, tels qu'ils les obtient dans son exploitation, mais il avait donné en outre des documents précieux sur les divers modes de rouissage auxquels ces matières textiles avaient été soumises. Ces études comparatives, inscrites sur des tableaux spéciaux, ont paru intéresser un grand nombre de personnes. Aussi croyons-nous devoir les reproduire :

1.re FASCICULE : (lins bruts et rouis).

N.° 1 et 2. Echantillons de lins bruts.

N.° 3. Lin en paille roui sur terre, à la rosée.

Ce procédé de rouissage est le moins dispendieux, mais il produit généralement des lins très-irréguliers et de mauvaise qualité. L'action du rouissage est subordonnée aux variations de la température.

N.° 4. Lin en paille roui dans l'eau stagnante.

Pour rouir le lin par ce procédé, on le place dans des fosses ou routoirs situés dans les champs. On le couvre de gazons et on le laisse séjourner un laps de temps, que l'expérience indique, en raison de la qualité du lin et de la nature de l'eau dans laquelle il est placé.

N.° 5. Lin en paille roui une fois à la Lys.

Ce rouissage s'opère en pleine rivière. Le lin est placé en bottes, dans des bacs à claires-voies appelés « Ballons » maintenus à fleur d'eau à l'aide de pierres. On garantit le lin contre les impuretés de la rivière et la vitesse du courant, en entourant le balon avec des gerbes de paille. Ce procédé est particulier à la préparation du lin de la Lys « dit lin de Courtrai », pratiqué spécialement sur le territoire français dans la commune de Bousbecques d'où provient l'échantillon N.° 5.

N.° 6. Lin en paille roui deux fois à la Lys.

Afin de donner plus de finesse au lin et le rendre plus souple, on le rouit souvent une seconde fois. L'opération s'exécute absolument de la même manière.

N.° 7. Lin en paille roui deux fois et blanchi.

Lorsqu'on veut donner au lin une belle couleur blanche, on l'étend par couches légères sur les prairies et on le retourne de temps en temps pour qu'il se blanchisse régulièrement, c'est la préparation la plus coûteuse, mais aussi celle qui donne les meilleurs résultats.

2.ᵐᵉ FASCICULE : Lins teillés.

N.° 1. Ces échantillons provenaient de lin rouis sur terre.

Ces types sont très-réguliers et sont les plus beaux dans cette catégorie. Ils ont été vendus 2 fr. 10 le kilo. On a obtenu 980 kilos de produit teillé par hectare.

N.° 2. Lin teillé, roui au préalable à l'eau stagnante.

Ce lin, qui est employé particulièrement dans les environs d'Ypres et de Gand, peut rapporter environ 830 kilos à l'hectare.

N.° 3. Lin teillé, roui une fois à la Lys.

Ces lins, remarquables par leur ténacité, sont employés spécialement pour faire la chaine des tissus. Ils ont toujours une couleur verdâtre et les cordonniers s'en servent souvent pour coudre les chaussures. Il vaut environ 4 francs le kilo.

N.° 4. Lin teillé, roui au préalable deux fois à la Lys.

Cette espèce est surtout destinée à la fabrication des fils à coudre de qualité supérieure, fins et résistants. La filature anglaise en achète beaucoup, surtout les plus fins numéros. Sa valeur est d'environ 7 fr. 50 le kilo.

N.° 5. Lin teillé, roui deux fois et blanchi.

M. Desmott, dans son rapport à la Société royale d'agriculture d'Angleterre, constatait lors de l'Exposition universelle, de 1862, que cette espèce de lin constituait la meilleure matière textile connue ; et M. Barral, dans son rapport sur la même solennité, disait : « Lorsqu'on examine les lins exposés par M. J. Dalle, on doit reconnaître que, quelque soit le degré de supériorité auquel les autres nations sont arrivées sur cette matière, la France, sur ce point, n'a rien à leur envier. »

On obtient ordinairement 800 kilos de lin amené à cet état, par hectare.

3.me FASCICULE : (Lins peignés).

N.° 1. Lin peigné provenant de lin roui sur terre.

Cette qualité est commune. Employée surtout pour faire des fils inférieurs, elle vaut 4 fr. 25 le kilo. La perte au peignage est de 50 pour cent.

N.° 2. Lins peignés provenant de lin roui à l'eau stagnante.

Ce lin est employé spécialement pour faire de bons fils de tissage. Valeur 5 fr. 50. Peigné à 50 pour cent.

N.° 3. Lin peigné provenant de lin roui à l'eau courante.

Usité généralement pour fabriquer des fils de qualité supérieure. — Rendement au peignage 50 pour cent. Valeur 8 francs le kilo.

N.° 4. Lin peigné provenant de lins rouis deux fois à la Lys.

Qualité tout à fait exceptionnelle. Valeur 15 fr. le kilo. Rendement au peignage 48 pour cent.

N.° 5. *Lin peigné provenant de lins rouis deux fois à la Lys et blanchis.*

C'est le plus beau lin connu. Il vaut 20 francs le kilo, sert particulièrement à la fabrication des dentelles et de la batiste.

Comme on peut bien le penser, la magnifique collection de M. J. Dalle et les documents intéressants qui l'accompagnaient, ont fixé particulièrement l'attention du Jury. Aussi, celui-ci, voulant récompenser dignement le mérite d'un praticien qui a accompli de grands progrès dans son art, lui a-t-il décerné à l'unanimité une médaille d'or.

Parmi les autres exposants dont les lins ont été particulièrement remarqués, il faut citer les suivants :

M. LECAT-BUTIN de Bondues. Expert dans l'art de cultiver cette plante textile et de la préparer pour la filature, cet habile agriculteur avait envoyé à notre Exposition une gerbe d'une finesse et d'une hauteur exceptionnelles.

Semé dans la proportion de 275 litres par hectare, ce lin avait produit, pour la même superficie, 6000 kilos de tiges à l'état brut dont on avait retiré 1000 kilos de filasse après le rouissage.

On a distingué encore dans notre brillante Exposition de plantes textiles :

Les gerbes de lins bruts de M. Bieussart de Saint-Amand, et la collection complète et variée de M. Porquet, de Bourbourg.

Le Jury a décerné à M. Lecat-Butin ainsi qu'à M. Bieussart, une médaille d'argent.

LIN DIT DE FIN OU RAMÉ.

Parmi les produits textiles qui ont fixé l'attention des connaisseurs, figuraient les échantillons de lin de fin destiné à la fabrication des dentelles et de la batiste, exposés par MM. François et Mairesse de Catillon, arrondissement de Cambrai.

La culture du lin ramé était très-importante autrefois. Elle était pratiquée dans les environs de Valenciennes, Saint-Amand, Cambrai, et particulièrement dans la commune de Catillon située sur le bord de la Sambre.

Les prairies arrosées par cette rivière sont très-fertiles et produisent un foin délicat, parfumé, qui est très-estimé. Elles sont particulièrement propres à la culture du lin. Lorsqu'on veut y semer cette plante textile, on retourne le gazon à la bêche (*) avant l'hiver et on fume abondamment. A la fin du mois de mars on sème le lin et comme l'on obtient des fibres d'autant plus fines et délicates que les tiges sont plus serrées et élancées, on emploie beaucoup plus de semence que pour le lin de gros. La proportion s'en élève jusqu'à 4 à 500 litres par hectare.

Lorsque le champ a été parfaitement sarclé et purgé de mauvaises herbes et que le lin a atteint 10 à 12 centimètres

(*) Sur les prés de nouveau défrichés, s'accroissent avec plaisir les lins, mesme s'il y a eu beaucoup de trefle sur les racines duquel, pourries dans terre, se nourrissent très-bien. Quel que soit le fonds, pour le rendre propre au lin, sera profitablement cultivé devant l'hiver, afin de donner plus de prinse aux gelées, et tant mieux faire profiter les fumiers.

(*Olivier de Serres* — Théâtre d'agriculture, 6.ᵉ lieu).

de hauteur, on le couvre de branchages disposés avec art, auxquels on donne le nom de rames. De là l'expression de lin ramé. Ces branchages préservent le lin contre la verse, et lui permettent d'atteindre quelquefois une hauteur de 1 mètre à 1 mètre 50.

La récolte a lieu vers la fin de juin.

Le lin de fin est roui dans des eaux de sources très-vives et très-claires. Les routoirs sont disposés de manière à ménager un petit courant destiné à renouveler l'eau constamment. Après le rouissage, on étend le lin pendant quelques jours sur le pré et on opère minutieusement le triage des tiges trop grosses qui sont classées dans les lins « gros ».

Ces lins sont teillés au couteau et servent à fabriquer à la main le fil dit de « *Mulquinerie* », employé à la fabrication des anciennes dentelles de Valenciennes et de la batiste des environs de Cambrai. (*)

Lorsque la récolte réussit complétement, elle donne à l'heureux cultivateur une rémunération considérable. On a vu le revenu brut d'un hectare s'élever à la somme de 5000 francs, c'est-à-dire à un chiffre supérieur à la valeur vénale du champ. Roui, teillé et blanchi, le lin ramé s'est vendu jusqu'à 24 francs le kilogramme. Malheureusement, cette culture est environnée de périls ; les fortes averses et les vents violents, plient, courbent et brisent ces plantes minces et délicates. Alors la perte éprouvée par le cultivateur est très-sensible, car les frais de culture d'un hectare de lin ramé, tant en achats de semences, d'engrais, de ramures, qu'en main-d'œuvre etc., peuvent s'élever à environ 1000 francs.

(*) L'antique et toujours unique fabrication des toilettes de Cambrai et de Valenciennes, dont l'origine remonte à l'an 1300, atteste que la culture du lin *de fin* des environs de Saint-Amand était, dès ce moment, parvenue à son degré de perfection.

Dieudonné ; *Statistique du département du Nord* — 1804.

G *

La culture du lin de fin tend à disparaître par suite de la concurrence des fabricants. de lins de la Lys. Ceux-ci, en rouissant leurs lins deux fois, leur donnent une finesse excessive. En outre, par suite des progrès de la filature mécanique, on produit avec des lins ordinaires des fils très-fins propres à la fabrication des dentelles et de toiles presque aussi fines que nos anciennes batistes Du reste, les fabricants d'Hasnon et de Catillon ne livrent plus guère au commerce que des lins gros, destinés aussi à la filature mécanique.

CHANVRE.

A l'entrée de notre pavillon, les organisateurs avaient groupé en plusieurs faisceaux des tiges de chanvre mâle et femelle (°) d'une hauteur d'environ quatre mètres, accom-

---

(°) La graine ne vient que du chanvre masle (en telle plante se recognoissans les deux sexes), et icelui ainsi se rencontrant au large, produira abondance de graïne, moyennant la culture. En change de laquelle commodité, la femelle donne le t n poil du chanvre, chose plus recerchée que la graine, comme but de son eslèvement. D'où avient, que contre le naturel du genre humain, le chanvre femelle surpasse le masle en valeur. (Olivier de Serres; *Théâtre d'Agriculture*, 6 ° lieu).

Nous sommes loin de prétendre que dans le genre humain, le mâle surpasse la femelle en valeur. Nous laissons au seigneur du Pradel, contemporain du Vert-galant, la responsabilité de son affirmation rustique; mais dans l'espèce dioïque « Cannabis sativa» c'est bien le mâle qui l'emporte, parce que contrairement à l'opinion du célèbre agronome, le mâle est l'individu qui ne porte pas de graines.

Cette erreur, du reste, s'est propagée jusqu'à nos jours. Tous nos cultivateurs de chanvre, ou à peu près, appellent mâle la tige qui donne des semences et femelle celle qui n'en donne pas. On voit que les erreurs séculaires sont difficiles à déraciner. Il est vrai qu'il n'y a pas longtemps qu'on sait que les fleurs ont des sexes.

pagnées de la filasse qu'on peut en extraire. Ces objets faisaient l'admiration des visiteurs. Ils avaient été exposés par
MM.

Bieussart de Saint Amand.

Dugardin frères   id.

Et le Comice agricole de la même ville.

Nous devons à l'obligeance de M. Henri Chotteau, secrétaire
de ce Comice, des renseignements sur la culture du chanvre,
que nous résumons avec satisfaction.

Dans le canton de Saint-Amand, on cultive environ 200
hectares de chanvre, principalement dans les terrains légers,
composés de détritus de végétaux et dont le sous-sol a beaucoup d'humidité.

Le terrain où l'on se propose de cultiver le chanvre, est
fertilisé avec du fumier de bétail Au printemps, on enterre
celui-ci par un léger labour d'environ 10 centimètres, quinze
jours après on pratique un labour plus profond, on herse,
on *ride* et on sème aussitôt. On répand en outre sur le sol
une certaine quantité d'engrais liquide contenant des tourteaux détrempés.

La semence que l'on utilise est importée directement de-
la Touraine, elle est répandue dans une proportion variable
suivant la qualité du chanvre qu'on se propose d'obtenir S'il
doit être propre au tissage, il faut semer *dru*, c'est-à-dire
employer plus de semence que pour celui qui est destiné au
cordage. Les fibres étant plus fines, moins grossières, si les
plantes sont plus serrées. (°)

(°) La teille ou poil du fin chanvre, pour les exquises toiles, procède
des pieds du chanvre, étant prins et déliés, et tels sortent-ils de terre,
quand avec le naturel de la semence druement semée, sont contraints
s'entre presser, naissans et croissans ensemble. Au contraire, ne sert
que pour cordages et autre grossière besogne, le chanvre venant de

On peut récolter en moyenne dix-huit à dix-neuf mille bottes de tiges, qui donnent ordinairement 18 à 1900 kilos de filasse brute.

Le chanvre récolté à Saint-Amand atteint une hauteur égale, sinon supérieure à celui qu'on cultive dans le Piémont.

La manipulation du chanvre est une source de bien-être pour les communes où elle est en vigueur. On n'y rencontre pas de mendiants d'après l'affirmation de M. Chotteau. Pendant les longues soirées d'hiver, des femmes et des enfants dégagent la filasse de la chenevotte, et en préparent des bottes, de 12 kilos 500 grammes, nommées *fardeaux*, qui se vendent ordinairement à des marchands ambulants. D'autrefois, ces derniers achètent la récolte sur pied et font entreprendre à forfait la séparation de la filasse.

Dans la Flandre Belge, le cultivateur transforme lui-même sa filasse en gros fil. Il devient tisserand en hiver, et fabrique une toile grossière dont une partie sert à l'usage de sa famille, le surplus est vendu avantageusement comme toile à voiles ou pour confectionner des sacs.

Le chanvre paraît jouir d'une propriété remarquable, qu'il serait intéressant de contrôler en d'autres localités. Il semblerait d'après les faits rapportés par M. Chotteau, que cette plante n'est pas exposée aux attaques des vers, chenilles et insectes qui dévorent souvent les navets et les betteraves. Elle aurait le don, même, de préserver pour une année au moins, de ces hôtes dangereux, la récolte qui lui succède. Il

tiges esloignées l'une de l'autre, quoique de délicate race ; pour l'abondante nourriture qu'il tire de terre, l'ayant à commandement, le trop lui estant nuisible. A quoi l'on avisera pour semer le chenevi druement ou rarement, selon les ouvrages qu'on désire.

Olivier de Serres ; *Théâtre d'Agriculture*, 6 lieu.

ne sera pas inutile, peut-être, de faire connaître ce que cet agronome nous a communiqué à ce sujet.

En 1865, un cultivateur de Saint-Amand avait semé en vain, à plusieurs reprises, de la graine de betteraves, dans un champ parfaitement fumé. A peine les cotylédons apparaissaient-ils à la surface du sol, qu'ils devenaient la proie du ver gris. Au commencement de juin, fatigué de ses tentatives, il retourna son champ, le prépara et y sema du chenevis.

La réussite fut complète. Au mois de septembre, les tiges de chanvre vigoureuses et élancées avaient atteint quatre mètres de hauteur. On en envoya quelques bottes au Concours de Condé-Péruwelz, et leur propriétaire obtint une récompense.

Dans la même année 1865, qui fut si désastreuse pour les cultivateurs, par les ravages des vers et des insectes, on observa que tous les champs qui avaient porté du chanvre l'année précédente, étaient à l'abri de leurs déprédations.

A la fin de la saison, les navets, que l'on cultive invariablement en récolte dérobée, ont été détruits par des légions de chenilles noires qui couvraient les feuilles, les perçaient à jour et n'en laissaient que les nervures; il n'y avait d'exception que pour les plantes de cette espèce, qui croissaient dans les champs qui avaient porté du chanvre l'année précédente.

Nous avons cru devoir reproduire ces renseignements, parce qu'ils nous semblent dignes de fixer l'attention des entomologistes et des agriculteurs.

Le Comice de Saint-Amand, qui avait envoyé aussi de fort belles céréales et des lins à notre Exposition, a reçu du Jury, pour sa précieuse coopération, une médaille d'argent.

PLANTES FÉCULENTES.

Cinquième Groupe.

HARICOTS — POIS — LENTILLONS
FÈVES — FÉVEROLES

HARICOTS.

La culture de cette légumineuse, n'est pratiquée en grand que dans quelques localités du Département, et particulièrement aux environs de Merville et d'Armentières.

La terre où l'on se propose de semer des haricots devant être très-meuble à la surface et bien *rassie* (tassée) dans son fond, on lui donne avant l'hiver, un ou plusieurs labours légers et on n'y applique généralement pas de fumier. Au printemps, on répand du guano ou du tourteau dans une proportion qui varie suivant que les récoltes précédentes ont laissé plus ou moins d'arrière-fumure ; l'engrais est recouvert par un *reboulage* (labour très-superficiel), puis après avoir donné tous les hersages nécessaires pour émietter la terre, on sème les haricots avec la houe à main dans la seconde quinzaine de mai.

Le rendement en graines s'élève, dans les années favorables, à 30 hectolitres par hectare.

Parmi les personnes qui avaient envoyé à notre Exposition des tiges et des graines de haricots, nous citerons :

M. Hellein d'Houplines :

Haricots d'Armentières. Il avait semé par hectare un hectolitre de graines, et récolté 30 hectolitres.

M. Corniaux de Merville :

Haricots lingots et flageolets.

M. Claudorez d'Hazebrouck :

Haricots dits « mille pour un ».

M. Porquet de Bourbourg :

Haricots d'Armentières.
  id.   jaunes à rames.
  id.   nains, etc. etc.

POIS.

Cette légumineuse est cultivée en grande culture dans l'arrondissement de Dunkerque, particulièrement dans les terres appelées salines, parce qu'elles sont situées sur le bord de la mer. (*)

On distingue dans cette localité deux espèces principales de pois, les bleus et les blancs.

(*) Les salines sont d'anciens relais de mer, mis à l'abri des marées équinoxiales par des digues construites sur les côtes. Ces terrains contiennent des vases, des alluvions déposées par les eaux et jouissent d'une grande fertilité.

Les pois blancs sont plus lourds , plus avantageux pour la nourriture du bétail que les premiers , on les rencontre particulièrement dans les environs de Gravelines et de Bourbourg.

Les pois bleus les plus estimés , sont ceux qui cuisent facilement, parce qu'alors ils servent à la nourriture de l'homme. Ils valent trois à quatre francs de plus à l'hectolitre que ceux qui résistent à la cuisson et qui sont réservés à l'alimentation des bêtes bovines et des chevaux. Dans les terres légères et les salines , on récolte généralement des pois plus tendres que dans les terres fortes et *clitreuses*.

Chez M. Dantu-Dambricourt à Steene, les pois sont cultivés ordinairement après du blé. Le sol labouré avant l'hiver , reçoit au printemps une fumure de 150 kilos de guano par mesure de 44 ares. Dans les terres très-fertiles, comme celles qui proviennent de pâtures rompues , on peut obtenir une abondante récolte sans aucun engrais.

On sème les pois dans le sol bien ameubli, à une profondeur d'environ quatre centimètres, à l'aide d'un *binot semoir* dont le soc est creusé en cuiller. La distance des lignes est de 33 centimètres. Une mesure de 44 ares peut être convenablement ensemencée avec 80 litres de graines et donne en moyenne un rendement de 16 hectolitres , soit 36 hectolitres par hectare. L'hectolitre pèse ordinairement 82 kilos.

La récolte des pois a lieu au mois de juillet. Après les avoir arrachés, on les met en javelles pour les sécher , puis on en fait de petites meules.

PRODUITS EXPOSÉS.

Dans le groupe des plantes féculentes , figurait une nombreuse collection de pois que nous avons reçus de plusieurs exposants. Nous allons indiquer les noms de ceux-ci et reproduire leurs déclarations :

Société d'Agriculture de Bourbourg.

Pois bleus — rendement 47 hectolitres par hectare.
Pois bleus nains — id.   38   id.   id.
Pois jaunes —   id.   47   id.   id.

M. Dantu-Dambricourt.

Pois bleus à cuire.
  id. id. pour le bétail.

M. Hellin d'Houplines.

Pois d'Armentières, rendement 40 hectolitres par hectare.

M. Demaeght de Morbecques.

Pois bisaille.

M. Porquet-Lefebvre de Bourbourg.

Pois jaunes.
  id. nains hâtifs.
  id. géants.
  id. de Knight.
  id. de Noyon etc.

FÈVES — FÉVEROLES.

Les fèves destinées à la nourriture des chevaux et des moutons, sont cultivées en grande abondance dans l'arrondissement de Dunkerque. On en rencontre plus rarement dans les autres localités du Département. Depuis quelques années, le rendement de cette légumineuse est fort amoindri par les ravages des pucerons.

Chez M. Dantu-Dambricourt à Steene, les fèves succèdent ordinairement au blé. Avant l'hiver, on enfouit une demifumure de fumier d'étable. Au printemps, on herse, on roule convenablement, et on sème un hectolitre de graine par mesure de 44 ares, à l'aide d'une charrue à laquelle est adapté un semoir spécial.

Les lignes sont distantes de 34 à 35 centimètres, et les plantes sont placées dans les lignes elles-mêmes à 8 centimètres environ.

Nous avons analysé la féverole dite « *coulonnoise* » récoltée dans l'arrondissement de Lille. En voici la composition :

Eau.	17,750
Substances azotées.	22,000
Amidon, cellulose, etc.	57,710
Matières minérales.	2,540 (*)
	100,000

Cette féverole contenait à l'état normal 3,524 pour cent d'azote.

(*) Dans les cendres de ces féveroles, nous avons trouvé 40 pour cent d'acide phosphorique.

PRODUITS EXPOSÉS.

Mme Ve Régent de Bourbourg.

Fèves françaises — 225 litres de semence , produit 41 hectolitres par hectare.

Mr Derudder de Bourbourg.

Fèves flamandes — 280 litres de semence , produit 38 hectolitres par hectare.

M. Dantu-Dambricourt à Steene.

Féveroles.

M. Porquet-Lefebvre à Bourbourg.

Fève de Hollande.
  id. dite « orteil de capucin ».
  id. violette panachée.
  id. verte naine.
  id. rouge.
  id. de Windsor.
  id. grosse verte.
  id. grosse violette.
  id. flamande.
  id. à fleur pourpre , etc. etc.

PLANTES FOURRAGÈRES

Sixième Groupe

PRAIRIES NATURELLES ET ARTIFICIELLES — RACINES — NOURRITURE DU BÉTAIL

PRAIRIES NATURELLES.

La culture pastorale est restée en honneur dans certaines contrées du Département, particulièrement aux environs d'Avesnes, dans l'arrondissement d'Hazebrouck et le canton de Bergues renommé par la fertilité de ses pâtures grasses.

Dans cette dernière localité, la valeur vénale d'une bonne pâture atteint souvent le chiffre de 3800 francs la mesure (de 44 ares) soit 8600 francs l'hectare. Le prix de location est de 90 à 100 fr. la mesure. On estime que sur la superficie de deux mesures, on peut entretenir en bon état pendant l'été trois vaches laitières. Une *anelière* (vache sèche) arrive à maturité en juillet, si elle a déjà un certain degré d'engraissement au moment de son entrée au pâturage qui a lieu ordinairement dans les premiers jours d'avril ; une vache maigre dans les mêmes conditions ne sera propre à la consommation que vers le mois d'octobre.

La belle exploitation de M. Dantu-Dambricourt à Steene, ayant une superficie totale de 180 hectares, comprend 25 hectares de pâturages qui nourrissent 60 bêtes à cornes, des chevaux et des poulains depuis le commencement d'avril jusqu'à la fin de septembre. Tous les trois à quatre ans, on fume ces pâturages avec des écumes de défécation dans la proportion d'environ 25,000 kilos par hectare. On y répand également en hiver des boues de ville, des urines ou des vinasses d'une distillerie de mélasse annexée à la ferme. Lorsque pendant l'été l'herbe est trop raccourcie pour pouvoir suffire aux besoins du bétail, on fait sortir celui-ci et on rend bientôt au pâturage sa plantureuse couverture, en l'arrosant avec les mêmes vinasses dans lesquelles on a fait délayer les excréments ramassés dans le gazon.

Dans l'arrondissement de Lille, on trouve des prairies naturelles sur les bords de la Lys et de la Deûle. Les foins récoltés près de la première rivière sont les plus estimés. Nous avons fait autrefois l'analyse du foin de la Deûle et lui avons trouvé la composition suivante :

Eau.	13,00
Substances azotées.	6,90
Cellulose, matières grasses, etc..	71,80
Matières minérales.	8,30
	100,00

Cent parties de ce foin, dans le même état de siccité, contenaient 1,013 d'azote.

Fl.   H.

PRODUITS EXPOSÉS.

Des cultivateurs de Catillon (canton du Câteau) , MM. Mairesse , Fleuru–Béthune , Danglo , nous avaient adressé des bottes du foin très-délicat qu'on récolte dans les prairies situées près des rives de la Sambre. Ce mélange de graminées est très-recherché pour le parfum délicieux qu'il répand , pour sa finesse et sa valeur nutritive ; aussi est-il l'objet d'un commerce assez étendu. On exporte du foin de Catillon jus-qu'à des distances très-éloignées.

Nous avons dit précédemment que c'est en défonçant ces prairies à la bêche , que le cultivateur obtient la terre la mieux préparée pour récolter le *lin fin ramé*.

On a remarqué aussi des bottes de foin des prairies na-turelles, exposées par MM. Dugardin frères de Cubray, canton de Saint-Amand. Ces cultivateurs, auxquels notre exhibition a été redevable de plusieurs autres produits remarquables, ont déclaré que le rendement en foin de leurs prairies natu-relles avait été en 1866 de :

4750 kilos (première coupe) à l'hectare.
2375 kilos (regain)   id.

Nous terminerons cette courte dissertation sur le régime pastoral de notre Département , en faisant connaître dans le tableau suivant , les proportions des terres maintenues à l'état de prairies naturelles dans chacun de nos arrondissements :

ÉTENDUES RELATIVES DES PRAIRIES NATURELLES DANS LE

DÉPARTEMENT DU NORD.

ARRONDISSEMENTS	Superficies en hectares	Hectares en prairies naturelles	Rapport des prairies naturelles à la superficie totale
Avesnes.	139,723	40,733	29,2 pour cent
Dunkerque. . . .	72,160	16,207	22,5 »
Hazebrouck. . . .	69,320	13,999	20,2 »
Lille.	87,439	7,665	8,8 »
Valenciennes. . .	62,978	5,585	8,9 »
Cambrai.	89,260	4,774	5,4 »
Douai.	47,206	2,042	4,3 »
Totaux pour le Dép.	568,086	91,005	
Moyenne » »			16,0 »

PRAIRIES ARTIFICIELLES

Trèfle , Sainfoin , Ray-Grass , Hivernage (vesce et seigle)

Luzerne , Minette.

Nos cultivateurs flamands , pénétrés de l'importance des prairies artificielles en vue de l'élève du bétail , y consacrent ordinairement une grande partie de l'étendue de leur exploitation. Suivant les circonstances ou la nature des terrains, ils sèment des trèfles , de la minette , de la luzerne , du sainfoin , du ray-grass , etc.

Dans l'arrondissement de Dunkerque , M. Dantu-Dambricourt , de Steene , prépare ses prairies artificielles de la façon suivante :

En avril , ordinairement dans de jeunes blés , il fait semer par hectare :

12 kilos graines de trèfle ,
70 à 75 litres de graines de sainfoin ,
6 kilos graines de ray-grass d'Italie.

Dans les bonnes terres , ce mélange vient sans fumure; dans les sables peu fertiles , on arrose au printemps qui suit la moisson avec environ 100 hectolitres d'urine de bétail, par hectare.

Le rendement pour la même superficie est de :

1.ʳᵉ coupe. . . . . 6750 kilos.
Regain. . . . . 3925 ▸

Ces chiffres représentent la moyenne exacte de cinq années.

Dans l'arrondissement de Lille, on sème aussi les trèfles dans les céréales d'hiver. On jette la graine à la volée, après avoir fait passer une herse légère sans craindre d'enlever les racines. Cette graine se range dans les lignes tracées par l'instrument ; un nouveau coup de herse et plusieurs roulages la répandent régulièrement, la recouvrent, unissent le terrain, et buttent les racines de céréales.

Plus souvent cependant, le trèfle est semé dans l'avoine, au mois de mars ou d'avril.

Au printemps qui suit la récolte de la céréale, on répand souvent sur le trèfle de l'engrais flamand et on obtient ensuite trois récoltes que l'on coupe avant la floraison. Après la troisième coupe, on rompt le trèfle avec le brabant qui enfouit les racines, et la terre ameublie est convenablement préparée pour recevoir des colzas, des pommes de terre et surtout du lin qui, ainsi que nous l'avons dit précédemment, vient fort bien à la suite d'une récolte de trèfle.

HIVERNAGE.

Les fermiers de la Flandre cultivent, depuis un temps immémorial, un mélange de seigle et de vesce auquel on donne le nom d'hivernage, parce qu'il est destiné à la nourriture des animaux, particulièrement pendant l'hiver.

Ce mélange a l'avantage d'être composé de deux plantes, dont l'une, servant de support à l'autre, permet à celle-ci de se développer en hauteur. Elles croissent simultanément et lorsqu'on les coupe, quelque temps avant la maturité des graines, elles ont atteint à peu près le même degré d'accroissement.

Au moment de donner l'hivernage aux animaux, on le fait hâcher en petits morceaux, sans en séparer les graines qui en forment la partie la plus nutritive. Ce mélange, qui constitue le *coupage*, est destiné particulièrement aux chevaux et aux vaches laitières.

On sème l'hivernage au mois de septembre, à la suite du blé ou de l'avoine sur un sol qui n'a pas besoin d'engrais et qui a reçu un ou plusieurs labours. Les deux semences sont répandues simultanément dans la proportion de 150 litres de seiglé et 50 litres de vesces par hectare. On herse ensuite, et on roule pour fixer la semence et ameublir la terre.

On coupe l'hivernage au mois de juillet. La terre, ainsi découverte de bonne heure, peut recevoir le fumier et les labours nécessaires à la culture des betteraves. Quelquefois après l'hivernage, on sème immédiatement des navets qui sont récoltés pendant l'hiver.

Le rendement que l'on obtient s'élève en moyenne dans l'arrondissement de Lille à 6600 kilos par hectare.

EXPÉRIENCES DE M. VANDERCOLME, SUR LES PRAIRIES

ARTIFICIELLES (système Écossais).

Cet habile agronome de Rexpoëde, bien connu par les services qu'il a rendus à l'agriculture, avait exposé une charmante aquarelle peinte avec beaucoup de talent par M. Orlando Nori, artiste de Dunkerque. Elle était destinée à représenter une expérience que notre confrère du Comité Départemental a faite et répétée sur la valeur comparative des prairies naturelles et artificielles au point de vue de l'alimentation du bétail.

Sur le second plan du tableau, l'artiste a représenté la ferme de Rexpoëde, avec sa jolie maison de campagne entourée de massifs d'arbres et d'arbustes, de corbeilles de fleurs qui lui donnent un aspect très-riant.

Sur le premier, on voit un pâturage partagé en deux parties égales, mais présentant deux aspects différents. La partie à gauche, est une prairie naturelle ; celle à droite, une prairie artificielle. Sur la première, figurent deux vaches et un veau ; sur la seconde, on distingue quatre vaches qui paraissent jouir d'un bien-être complet. M. Vandercolme a voulu démontrer, par cet exemple, qu'à l'aide des prairies artificielles qu'il a créées d'après le système écossais, il peut entretenir et engraisser dans le même temps un plus nombreux bétail que sur une pâture naturelle de même superficie.

La prairie artificielle est composée d'un mélange de trèfle, de minette et de ray-grass d'Italie qu'on sème au mois de mars dans les blés, sans aucune préparation. On peut nourrir convenablement sur un hectare, l'année suivante, quatre bœufs depuis le commencement d'avril jusqu'à la fin de la saison. Toutes les terres de M. Vandercolme étant drainées, les animaux peuvent être mis en pâture dès le commencement d'avril. Même par un temps humide, il n'y a pas à craindre de voir le sol s'enfoncer sous leurs pieds, assez fortement pour étouffer le jeune herbage.

La terre étant abondamment fumée par les excréments des animaux, on peut obtenir ensuite une récolte abondante de betteraves suivie d'une sole de blé, toutes deux sans aucun engrais. L'assolement adopté conséquemment en raison de ce système de culture est le suivant :

Herbages,
Betteraves,
Blés,

Cette méthode permet aux fermiers d'augmenter leur bétail et de le nourrir à bon marché, surtout s'ils sont en position de livrer leurs betteraves à une distillerie ou à une sucrerie qui leur donne, en retour, de la pulpe pour nourrir leurs animaux pendant l'hiver.

La culture des prairies artificielles varie en importance dans les divers arrondissements du Département ainsi qu'on le remarque sur le tableau suivant :

ÉTENDUES RELATIVES DES TERRES CULTIVÉES EN PRAIRIES ARTIFICIELLES DANS LES DIVERS ARRONDISSEMEMTS DU DÉPARTEMENT DU NORD EN 1866.

ARRONDISSEMENTS	Nombre d'hectares consacrés à cette culture
Avesnes.	8390
Cambrai.	8265
Lille.	4748
Dunkerque.	4377
Valenciennes.	3943
Douai.	3160
Hazebrouck.	1803
Total.	34,686

Sur une superficie totale de 568,087 hectares soit 6,1 pour cent.

PRODUITS EXPOSÉS.

Dans le groupe des plantes fourragères, on a remarqué particulièrement les produits exposés par les cultivateurs suivants :

M. Fiévet, de Masny.

Hivernage ,
Trèfle en bottes.
    Fl.   I

La gerbe d'hivernage étonnait les visiteurs par son développement vigoureux et sa hauteur.

D'après la déclaration de cet agriculteur émérite, il en avait obtenu 11,275 kilos par hectare.

La botte de trèfle était dans le même cas, et le rendement accusé de 11,000 kilos par hectare (moyenne de 14 hectares), était justifié par ce spécimen de végétation luxuriante.

M. VANDERCOLME, de Rexpoëde.

De superbes gerbes de ray-grass d'Italie d'une hauteur remarquable, 1.re 2.me et 3.me coupes.

Cet agriculteur fume son ray-grass avec des urines de bétail et des résidus de l'épuration de l'huile de foie de morue.

Brome de Schrader.

M. CLAUDOREZ, d'Hazebrouck.

Trèfle 1.re et 2.me coupe.

Ray-grass, etc.

M. VERCOUSTRE, de Bourbourg.

Luzerne violette.

Variétés de plantes fourragères.

M. BIEUSSART, de Saint-Amand.

Hivernage.

M. DELMAZURE, d'Annapes.

Bel hivernage qui a rapporté 9000 kilos par hectare.

M. PORQUET-LEFEBVRE, de Bourbourg.

Une collection complète de luzerne, minette, trèfle, sainfoin, melilot, etc.

RACINES — PLANTES POTAGÈRES — RÉSIDUS

servant à la nourriture du bétail.

PRODUITS EXPOSÉS.

Nous signalerons parmi ces produits, ceux que nous avons reçus des personnes suivantes :

M. DANTU-DAMBRICOURT, de Steene.

De volumineuses carottes destinées à l'alimentation des chevaux et des vaches laitières. D'après la déclaration de cet honorable agriculteur, il en avait obtenu 55,000 kilos par hectare.

M. d'AUBIGNY, de Lille.

Navets de Suède, dits Rutabagas.

M. Le Comte DE GERMINY, de Lille.

Betteraves disettes, ayant acquis un développement considérable.

M. PORQUET-LEFEBVRE, de Bourbourg.

Une collection très-variée de pommes de terre.
Betteraves fourragères, etc.

M. CORENWINDER.

Navets conservés dans de la pulpe de betteraves.

M. Constant FIÉVET , de Masny.

Pulpe de betteraves.

M. DORNEMAN , à Loos-lez-Lille.

Drêche de bière fabriquée à Loos par la méthode bavaroise.

M. DELOBEL , à Lille.

Drêche de bière de Lille.

M. BIGO-TILLOY , à Lille.

Drêche de genièvre.

BETTERAVES DISETTE.

Ces racines sont cultivées souvent dans l'arrondissement de Lille , où l'on en obtient jusqu'à 80,000 kilos par hectare. Elles atteignent quelquefois 0 m. 70 à 0 m. 80 de longueur, surtout lorsqu'elles ont été fumées avec une profusion d'engrais flamand , ce qui n'a aucun inconvénient pour cette espèce , destinée particulièrement à la nourriture des vaches laitières.

La composition de la betterave disette, que nous avons déterminée il y a longtemps , se représente par les chiffres suivants , qui nécessairement sont susceptibles de variations , suivant la nature des sols, l'abondance des fumures , etc.

Eau.	90,050
Sucre.	3,952
Pectose , cellulose , etc.	3,744
Substances azotées (albumine).	1,044
Matières minérales.	1,210(*)

100,000

La quantité d'azote contenue dans cette betterave à l'état normal était de 0,167 pour cent. Comme elle prend des proportions considérables et qu'elle pousse en grande partie hors de terre , elle contient plus d'eau que la betterave à sucre lorsque celle-ci est cultivée avec soin.

CAROTTE.

Dans certaines contrées , la carotte se cultive souvent avec le lin. Celui-ci étant semé , on répand à la volée 5 à 6 kilos de graines de carottes par hectare , on herse et on roule avec précaution.

Au mois de juillet, le lin étant arraché, on sarcle les carottes et on les arrose avec de l'engrais flamand.

La récolte qu'on obtient est d'environ 15 à 20,000 kilos par hectare.

La composition chimique des carottes jaunes destinées particulièrement à entrer dans la ration des chevaux, peut, d'après notre analyse, se représenter par les chiffres suivants :

(*) Les matières minérales, dans ces racines et les suivantes, consistent principalement en acide phosphorique, chlore, potasse, soude, chaux, magnésie, silice, etc.

Eau.	84,400
Sucre cristallisable.	3,850
Matières grasses.	0,182
Substances azotées (albumine).	1,412
Pectose , amidon , cellulose, etc.	9,016
Matières minérales.	1,140
	100,000

Ces carottes contenaient 0 g. 226 d'azote pour cent du poids à l'état normal.

Nous avons déterminé également la composition chimique des carottes rouges de Flandre , récoltées dans les environs de Lille où on leur donne généralement pour engrais , une profusion d'excréments humains ou d'urines des animaux herbivores. Voici les chiffres que nous avons trouvés :

Eau.	87,500
Sucre cristallisable.	4,940
Pectose , amidon, cellulose , albumine , etc. .	6,455
Matières minérales.	1,105
	100,000

Enfin , nous avons fait figurer aussi une analyse des carottes cultivées sur le territoire de Vermelle (près La Bassée , Nord).

Elles sont réputées les meilleures de toute la contrée , leur richesse en sucre et en substances organiques , justifie cette réputation :

Eau.	77,90
Sucre cristallisable.	6,98
Cellulose , pectose , amidon , albumine , etc. .	13,96
Matières minérales.	1,16
	100,00

Chez M. Dantu-Dambricourt, les carottes sont cultivées de préférence dans les sols qui contiennent beaucoup d'humus. On donne un labour de 25 centimètres pour enfouir environ 60 mètres cubes de fumier par hectare. Au printemps, la terre est façonnée avec le binot ou l'extirpateur, ameublie avec la herse et le rouleau, puis on sème en lignes espacées à 22 centimètres, à l'aide du semoir Jacquet Robillard. Quand les carottes ont atteint 5 à 6 centimètres de hauteur, on arrose entre les lignes avec un mélange d'urine et de guano. On fait les binages avec la houe à main et on isole soigneusement les jeunes plantes en ayant soin de conserver les plus vigoureuses. La déplantation a lieu au mois d'octobre.

Ainsi que nous l'avons dit précédemment, la récolte en 1866 a atteint le chiffre de 55,000 kilos par hectare.

Ces carottes sont particulièrement destinées à la nourriture des vaches laitières pendant l'hiver. On leur en donne environ dix kilos par jour, simultanément avec de la pulpe de betteraves, des graines et des tourteaux.

L'espèce cultivée avec tant d'avantages par cet agriculteur, est la carotte jaune de Béthune.

NAVETS BLANCS ET VIOLETS — LEUR CONSERVATION

Les navets ne jouissent pas dans le Nord de l'importance qu'ils ont acquise en Angleterre. Nous les remplaçons avantageusement par la betterave et surtout par la pulpe de betteraves des sucreries et des distilleries.

On les cultive, du reste, sans trop de précautions. Au mois de juillet ou d'août, souvent après le lin, on les sème à la volée après un léger labour, et on les fume avec de l'engrais flamand. A partir du commencement de l'hiver, on les récolte à mesure des besoins, pour en ajouter une certaine quantité dans la ration des animaux. Lorsque la gelée survient, ce qui reste sur le champ est perdu ou au moins ne sert plus qu'à fertiliser la terre.

Nous avons conseillé il y a quelques années, de conserver ces racines en les coupant en morceaux et les mettant en silo avec de la pulpe mélangée de courte paille et d'une faible proportion de sel marin. Ce mélange ainsi préservé de l'altération, est resté pendant plusieurs mois dans le silo, et après cette époque les animaux l'ont mangé avec avidité.

On peut par le même procédé, conserver dans la pulpe des feuilles, des collets, des tronçons de betteraves, etc.

Voici, d'après nos analyses, la composition des navets tels qu'on les utilise dans les environs de Lille :

Désignation des substances	Navets à collets violets	NAVET BLANC
Eau.	91,48	90,35
Substances azotées .	1,32	1,01
Sucre, pectose, etc.	6,57	7,72
Matières minérales .	0,63	0,92
	100,00	100,00

PULPE DE BETTERAVES.

Cette denrée forme une de nos ressources principales pour l'alimentation du bétail. Elle se conserve fort bien lorsqu'on la maintient à l'abri du contact de l'air, et les exploitations rurales situées dans le voisinage des sucreries et des distilleries en font des approvisionnements considérables.

La pulpe fraîche renferme du sucre, des substances azotées, des phosphates, etc. En voici une analyse effectuée par nous sur un échantillon prélevé à l'état frais dans une fabrique de sucre qui en produisait environ 20 p. °/₀ du poids des betteraves mises en œuvre.

Eau.	71,420
Sucre.	3,620
Matière grasse.	0,628
Cellulose	10,345
Substances azotées (albumine)	2,381
Pectose, matières incrustantes, etc.	9,434
Matières minérales	2,172
	100,000

Cette pulpe renfermait 0,381 d'azote pour cent du poids à l'état normal.

La pulpe de betteraves est donnée aux animaux en proportion toujours élevée, mais variable suivant la situation de la ferme. On y associe une certaine quantité de substances sèches, telles que grains, paille, fourrage, tourteaux; surtout quand l'animal arrive au terme de l'engraissement.

Voici une formule indiquant la ration journalière usitée dans quelques fermes de l'arrondissement de Lille pour la nourriture d'une vache laitière en stabulation permanente :

Pulpe de betteraves, 50 kilos à 1,50 les 100 kilos. fr. 0,75
Drèche de bière, 10 kilos à 3,00   »   0,30
Paille ou fourrage, 4 kilos 5 à 2,00   »   0,09
Tourteau de colza 2 kilos à 16,00   »   0,32
———————
1,46

Lorsqu'on veut engraisser l'animal ensuite pour la boucherie, on lui donne un supplément de 3 kilos tourteaux de lin à 27 fr. les 100 kilos.   0,81
———————
2,27

Ce chiffre représente le coût de la nourriture pendant l'hiver. Dans la saison d'été la dépense est moindre, surtout si les animaux sont conduits en pâture. Elle est subordonnée alors aux influences météoriques et pourrait difficilement être évaluée.

Dans l'exploitation de M. Dantu-Dambricourt, la ration journalière d'une bête à l'étable est ordinairement la suivante :

25 kilos pulpe de betteraves,
4 kilos grains (mélange de maïs, fèves, pois, par tiers),
1 kilo tourteau de lin.

Le tout est concassé, mélangé et mis en fermentation pendant vingt-quatre heures avant d'être donné au bétail.

La nourriture quotidienne d'un mouton à l'engrais est de :

5 kilos pulpe de betteraves.
250 grammes de tourteaux ou 300 grammes de fèves.

Avec ce régime, les animaux de l'espèce bovine achetés en bon état, peuvent s'engraisser en quatre mois et les moutons en trois mois.

Chez M. Decrombecque à Lens, les bœufs sont engraissés dans des boxes, sur des litières terreuses, avec la ration suivante :

2 kilos, de son cuit à la vapeur.
2 kilos 500 de tourteaux,
5 kilos de coupage,
0,30 grammes de sel marin.

Ce mélange est mis en fermentation pendant quarante-huit heures avant d'être donné à l'animal qui reçoit en outre, une quantité suffisante de pulpe de betteraves.

La pulpe obtenue dans les distilleries qui opèrent par le système de M. Champonnois, renferme plus d'eau que la précédente, mais abstraction faite de cet élément, elle est plus riche que celle-ci, parce qu'elle renferme toutes les substances azotées de la betterave, tandis que dans la pulpe des presses, une notable partie de ces substances a passé dans le jus exprimé.

Voici la composition de cette pulpe à l'état frais, d'après l'analyse de M. Meurein.

Eau.	86,60
Sucre.	2,20
Substances azotées et non azotées, sels minéraux.	11,20
	100,00

Cent parties de cette pulpe à l'état normal contiennent 0,289 d'azote.

D'après notre analyse, cent parties de pulpe des sucreries obtenue à l'aide des presses hydrauliques pouvant renfermer 0,381 d'azote, il en résulte *que si l'on évalue leur richesse nutritive par la proportion d'azote qu'on y trouve*, ces deux denrées sont dans un rapport tel que 100 kilos pulpe des sucreries équivalent à 132 kilos pulpe (Champonnois).

L'alimentation des animaux soumis au régime de la pulpe (Champonnois) varie un peu suivant la position des nourrisseurs. Voici une formule qui est adoptée dans l'arrondissement de Lille, et à l'aide de laquelle des vaches maigres peuvent être amenées en quatre-vingt-dix ou cent jours à l'état gras en continuant de donner en moyenne six à sept litres de lait par jour.

70 kilos pulpe (Champonnois) à 9 francs la tonne rendue à la
    ferme. . . . . fr.   0,63
4 kilos tourteaux de lin à 26 fr. les 100 kilos. .   1,04
1 kilos   id.   d'œillette à 17 fr. les 100 kilos. 0,17
3 kilos foin à 6 fr. les 100 kilos.   0,18
Soins donnés à l'animal.   0,10
                                  2,12

DRÈCHE DE BIÈRE.

Ce résidu de la fabrication de la bière est en usage depuis un temps immémorial dans l'arrondissement de Lille. Sa composition chimique déterminée par nous, est la suivante :

Eau   73,100
Dextrine, amidon, acides organiques, etc. . 15,830
Cellulose   4,573
Matière grasse.   0,134
Substances azotées, (gluten, etc.) . . .   4,400
Acide phosphorique, silice, chaux, magné-
    sie, etc.   1,963
                               100,000

Azote. Cette denrée contient 0,704 d'azote de son poids à l'état normal.

La drêche de bière est de toutes les nourritures humides, la plus estimée dans l'arrondissement de Lille. Cette matière contenant la plus grande partie des éléments azotés du grain, plus une certaine quantité de dextrine et d'amidon, constitue une nourriture forte, qui pousse à l'engraissement avec rapidité. On l'associe généralement à des fèves, foin, tourteaux, etc., quelquefois à la graine de lin.

DRÊCHE DE GENIÈVRE.

Tout le monde sait que la drêche de genièvre est le résidu de la distillation des grains. Nous avons déterminé il y a quelques années la composition chimique de cette denrée et nous avons trouvé les chiffres suivants :

Eau.	91,400
Glucose, amidon, acides organiques. . . .	4,465
Matière grasse.	0,831
Cellulose	0,315
Substances azotées, (gluten).	2,525
Matières minérales	0,464
	100,000

Azote. 100 grammes de cette drêche à l'état normal contiennent 0,404 d'azote.

La drêche de genièvre, en raison de la grande quantité d'eau qu'elle contient, se conserve avec difficulté. Cependant les cultivateurs trouvent un si grand avantage à utiliser cette denrée, qu'ils la paient à raison de 50 à 60 centimes l'hectolitre et la transportent quelquefois à des distances considérables. Généralement on conserve la drêche dans des citernes fraîches, et souvent, avant de l'employer, on y fait tremper des tourteaux et des fèves moulues pour l'usage du bétail à l'engrais.

Dans l'arrondissement de Lille, les animaux de l'espèce bovine à l'engrais, qui se trouvent dans des fermes situées à proximité des brasseries et des distilleries de grains, peuvent recevoir pour leur ration journalière les denrées énumérées comme suit :

25 litres drêche de bière à 1 fr. 20 l'hectolitre. fr.		0,30
50 » de genièvre à 0 fr. 65 »		0,32
4 kilos tourteaux de lin à 26 fr. les 100 kilos. .		1,04
1 » d'œillette à 16 fr. les 100 kilos.		0,16
3 » foin à 6 fr. les 100 kilos. . .		0,18
Soins, litières, etc.		0,10
		2,10

Nous terminons cette revue des substances qui servent à l'alimentation de nos animaux de ferme, en reproduisant, d'après la statistique de 1866, les chiffres indiquant les nombres de têtes de bétail existant dans les divers arrondissements de notre Département :

ARRONDISSEMENTS	ESPÈCE BOVINE	ESPÈCE OVINE	ESPÈCE PORCINE
Avesnes. . . .	74,951	34,788	14,176
Lille.	50,340	15,606	7,196
Hazebrouck. . .	37,566	6,168	32,854
Dunkerque. . .	36,242	11,208	15,464
Cambrai. . . .	27,811	46,698	6,016
Valenciennes. . .	26,751	22,099	3,558
Douai.	20,190	16,126	4,598
	273,851	152,693	83,862

D'après ces chiffres , le rapport entre le nombre de bêtes bovines et la superficie totale du Département est de 0,482 , c'est-à-dire qu'on compte une tête de ce bétail sur 207 ares. En 1823 , d'après Cordier , il y avait une bête bovine par 209 ares de superficie. A ce point de vue , le Département est donc resté stationnaire depuis 45 ans.

CÉRÉALES.

BLÉS BLANCS ET ROUX — AVOINES — ESCOURGEON — SEIGLE — MAÏS, ETC.

La nombreuse collection de céréales exposée dans notre pavillon, faisait l'admiration des visiteurs. Elle occupait la plus grande partie de la surface murale du bâtiment contre laquelle les gerbes, munies de leurs étiquettes, étaient alignées avec ordre et suivant une méthode qui en favorisait l'étude. Le monde agricole fixa particulièrement son attention sur ces produits admirables, témoins incontestés du degré de supériorité auquel est arrivée la culture du Département du Nord, grâce à un concours de circonstances favorables ; à l'esprit d'initiative, à l'intelligence de ses agriculteurs.

Aussi le Jury, n'a-t-il pas hésité un seul instant à décerner au Département du Nord une médaille d'or pour l'ensemble de sa collection de céréales.

Ainsi que nous l'avons dit en commençant, la plupart des personnes qui avaient concouru à notre Exposition avaient bien voulu, sur notre demande, indiquer le rendement obtenu en cultivant la récolte dont ils nous envoyaient le spécimen. Nous avons eu la satisfaction aussi d'obtenir de quelques praticiens des renseignements, des appréciations sur les diverses sortes de céréales dont ils avaient fait l'essai ou qu'ils avaient adoptées dans leur exploitation. Nous choisirons parmi ces documents, pour les reproduire, ceux qui nous paraissent les plus intéressants.

Nous allons indiquer d'abord, dans le tableau suivant, les déclarations de rendements qui nous ont été faites par un certain nombre d'agriculteurs qui comptent parmi les plus capables du Département.

BLÉS BLANCS.

Noms des exposants	DOMICILES	Objets exposés	Semence par hectare	Rendements par hectare	Nombre d'hectares cultivés
MM.			litres	hect.	hecta
Vandercolme	Rexpoëde	Blé Chiddam	150 »	35 »	1 »
id.	id.	id. de Hollande	150 »	32 »	0,5
Dantu-Dambricourt	Steene	id. de Bergues	170 »	30 »	23 »
id.	id.	id. Glorie	170 »	31 »	8 »
id.	id.	id. Pedigree (A).	170 »	34 »	1 »
id.	id.	id. Velouté (An).	170 »	36 »	6 »
Constant Fiévet	Masny	id. Géant	120 »	37 »	21 »
id.	id.	id. Hallett	120 »	37 »	20 »
id.	id.	id. d'Essex	100 »	34 »	18 »
id.	id.	id. de Bergues	100 »	33 »	18 »
Vanderstraten	Hellemmes	id. Blanzé	150 »	38 »	4 »
Lepercq Jules	Quesnoy-s.-D.	id. de Bergues	100 »	38 5	7 »
Bieussart	Saint-Amand	id. Blanzé	150 »	30 »	» »
Hellein	Houplines	id. id.	140 »	35 »	8 »
Société d'Agr.	Bourbourg	id. id.	170 »	31 »	3 5
id.	id.	id. id.	170 »	34 »	2 6
id.	id.	id. Velouté (An)	175 »	35 5	2 2
id.	id.	id. Géant Angl.	175 »	41 »	9 7

BLÉS ROUX.

Noms des exposants	DOMICILES	Objets exposés	Semence par hectare	Rendements par hectare	Nombre d'hectare cultivés
MM Dantu-Dambricourt	Steene	Blé Golden-Drop Anglais	170 »	30 »	3 »
Coget et Delcroix	Phalempin	id. d'Australie	120 »	40 »	10 »
Société d'Agr.	Bourbourg	id. Hunter	170 »	28 »	7 »
id.	id.	id. doré	170 »	48 »	9 7
id.	id.	id. Spalding	170 »	48 »	1 3
id.	id.	id. Anglais dit grand roux	170 »	36 »	4 4

Nous devons mentionner aussi la nombreuse collection de céréales dont nous avons été redevables à M. Porquet de Bourbourg, parmi lesquelles nous avons noté les espèces suivantes qui ne figurent pas dans le tableau précédent :

BLÉS BLANCS.

de Calcutta.
de Bambecque.
Lord Ducy.
Généalogique.
dit Napoléon III.

Marchal.
Reine Victoria.
Prince Albert.
du Kent.
de Saumur.

BLÉS ROUX.

Spalding.
d'Edimbourg.

Murton.
dit souris.

de Liverpool. Blé bleu.
Golden Drop. de Russie.
d'Essex. Roux à paille blanche. (*)

Les chiffres que nous venons de reproduire sont certainement dignes de confiance, mais il ne faut pas les prendre pour base d'appréciation du rendement ordinaire des céréales dans le Departement du Nord. Ils indiquent exceptionnellement ce qu'on peut obtenir, dans les années favorables, chez les bons cultivateurs Il faut évidemment tenir compte de la situation de ceux qui occupent des terres médiocres et qui n'ont pas à leur disposition un capital suffisant pour les fumer, les amender, les améliorer, ce qui est toujours facile à celui qui peut entretenir un gros bétail, acheter des engrais et des instruments perfectionnés.

La statistique officielle nous donne, il est vrai, le rendement moyen des céréales. Malheureusement, pour des raisons que tout le monde connaît, l'exactitude de ce document laisse beaucoup à désirer, et les chiffres qu'il accuse sont au-dessous de la réalité. Quoiqu'il en soit, nous allons les reproduire. Les rendements désignés précédemment et ceux de la statistique, forment pour ainsi dire des extrêmes dont la moyenne représente, peut-être, avec assez d'exactitude, nos rendements réels.

(*) L'énumération complète des blés qui figuraient dans notre pavillon, se trouve dans le catalogue général de l'Exposition du Département du Nord publié dans les Archives du Comice de Lille, en 1867.

Arrondis.[s]	FROMENT D'HIVER				
	NOMBRE d'hect. res cultivés en 1866	PRODUIT moyen par hectare	PRODUIT TOTAL	POIDS MOYEN de l'hectolitre	PRODUIT moyen en poids par hectare en quint. metr. (100 kil.)
Avesnes	18,053,87	18,55	334,826,73	73,02	36,24
Cambrai	25,585 »	19,52	498,997 »	73,65	36,28
Douai	14,210 »	21 »	304,875 »	76 »	43 »
Dunkerque	17,653,08	21,95	393,503,82	77,62	30,55
Hazebrouck	18,731 »	26 »	473,452 »	78 »	30 »
Lille	24,954,85	23,92	597,077,49	76,65	33,58
Valenciennes	15,906 »	23,19	368,901 »	77 »	35 »
	135,093,80	21,99	2,971,633,04	75,99	34,95

Arrondis.[ts]	FROMENT DE PRINTEMPS				
	NOMBRE d'hectares cultivés en 1866	PRODUIT moyen par hectare	PRODUIT TOTAL	POIDS MOYEN de l'hectolitre	PRODUIT moyen EN PAILLE par hectare en quint. métr. (100 kil.)
Avesnes	251 »	17,86	4,482,50	66,96	26,50
Cambrai	575 »	19,10	10,978,23	72,06	26,29
Douai	252 »	20 »	4,850 »	74 »	36 »
Dunkerque	95 »	18,84	2,011,25	74,87	30,08
Hazebrouck	159 »	32 »	3,549 »	76 »	30 »
Lille	372,50	24,60	9,163,66	74,78	27,11
Valenciennes	75 »	20,30	1,523 »	76 »	30 »
	1,779,50	20,54	36,557,64	73,52	29,42

Arrondis.[ts]	ÉPEAUTRE				
	NOMBRE d'hectares cultivés en 1866	PRODUIT moyen par hectare	PRODUIT TOTAL	POIDS MOYEN de l'hectolitre	PRODUIT moyen EN PAILLE par hectare en quint. métr. (100 kil.)
Avesnes	2,360,20	35,51	83,812,98	39,98	33,22
Cambrai	»	»	»	»	»
Douai	9 »	21 »	189 »	70 »	43 »
Dunkerque	»	»	»	»	»
Hazebrouck	»	»	»	»	»
Lille	12,85	23,19	298,05	76 »	22,45
Valenciennes	3 »	24 »	72 »	75 »	18 »
	2,385,05	35,37	84,372,03	260,98	29,17

Arrondis.ᵗˢ	MÉTEIL (MÉLANGE DE SEIGLE ET DE FROMENT)				
	NOMBRE d'hectares cultivés en 1866	PRODUIT moyen par hectare	PRODUIT TOTAL	POIDS MOYEN de l'hectolitre	PRODUIT moyen EN PAILLE par hectare en quint. métr. (100 kil.)
Avesnes	1,071,25	18,68	20,123,95	69,88	30,49
Cambrai	583 »	19,77	11,526 »	71 »	40,50
Douai	52 »	22 »	1,285 »	73 »	40 »
Dunkerque	41 »	24 »	1,036 »	70 »	32 »
Hazebrouck	157 »	23 »	3,608 »	73 »	27 »
Lille	462,50	24,97	11,548,87	75,91	29,88
Valenciennes	242 »	20,54	4,972 »	75 »	42 »
	2,608,75	20,73	54,099,82	72,54	34,55

En réunissant les quatre espèces de céréales, ainsi que nous l'avons fait dans le tableau suivant, on peut calculer dans quel rapport (*) ces denrées étaient cultivées dans chaque arrondissement en 1866.

ARRONDISSEMENTS	Superficies en hectares	Nombre d'hectares cultivés en froment épeautre et méteil	Rapport du sol cultivé en céréales à la superficie totale
Douai.	47,206	14,523	30,8 p. %
Cambrai	89,260	26,713	30,0 »
Lille	87,439	25,802	29,5 »
Hazebrouck	69,320	19,047	27,5 »
Valenciennes . . . ,	62,978	16,2 6	25,8 »
Dunkerque	72,160	17,789	24,6 »
Avesnes	139,723	21,736	15,6 »
Totaux pour le département .	568,086	141,866	»
Moyenne id.	»	»	25,0 »

(*) La proportion de froment semé au printemps est peu importante. Elle s'élève au plus à deux pour cent de la quantité totale. Quant à l'épeautre on ne le cultive guère que dans l'arrondissement d'Avesnes.

DOCUMENTS.

BLÉ DU PAYS BLANZÉ OU BLANC-ZÉE.

On cultive depuis des siècles dans l'arrondissement de
Lille le blé blanzé ou blanc-zée (*zea* semence), variété sans
barbes, qui donne un grain blanc produisant de la farine de
première qualité.

On connaissait aussi dans le Nord quelques autres variétés
telles que le froment barbu, le gros blé renflé. Le froment
barbu n'est pas aussi estimé que le blanc-zée ordinaire, la
farine en est moins délicate et plus grise, aussi a-t-il moins
de valeur au marché.

Le blé blanc de Bergues est un des meilleurs du Département. Quoiqu'il donne généralement une plus faible récolte
que les blés étrangers, on le cultive pour la belle qualité de
ses grains et la blancheur de la farine qu'on en extrait.

On l'exporte comme blé de semence dans tout l'intérieur de
la France.

Il existe dans l'arrondissement de Lille une variété de
blé blanc à épis carrés (*) qui jouit de tous les avantages du
blanzé sans en avoir la fragilité, sa paille courte et raide
le préserve contre l'action de la verse. Il n'a pas, comme la

---

(*) D'après un passage du *Théâtre d'Agriculture* d'Olivier de Serres,
on peut juger que cet illustre agronome avait apprécié les avantages
du blé blanc à épis carrés :

« Le siligo ou blancé de Collumelle se peut rapporter au gros blé
» blanc qui a l'espi quarré, fort estimé *pour son bon rapport* semé
» en bonne et grasse terre. »

Théâtre d'Agriculture , second lieu.

plupart des blés étrangers, l'inconvénient de geler pendant l'hiver, ni de germer pendant la moisson, si le temps est humide. Comme qualité il est égal au blanzé ordinaire, comme rendement il lui est supérieur.

Un cultivateur très-distingué de l'arrondissement de Lille qui le cultive depuis plusieurs années, nous a déclaré avoir obtenu en moyenne sur un ensemble de dix hectares, les produits suivants :

En 1863. . . .	42 hectolitres.
1864. . . .	44 id.
1865. . . .	42.5 id.
1866. . . .	40 id.

Dans les années favorables le blanzé ordinaire ne produisait dans la même exploitation que 30 à 35 hectolitres par hectare.

BLÉS ANGLAIS.

Depuis quelques années, le développement de la culture de la betterave ayant introduit dans nos champs l'habitude de fumer les terres avec plus d'abondance que par le passé, on s'est aperçu que nos blés indigènes étaient souvent exposés à verser. On a dû rechercher dès lors des variétés de blés étrangers à paille plus courte et plus raide qui résistent mieux aux vents et à la pluie. Ce sont particulièrement les blés anglais qui sont venus remplacer dans une certaine mesure nos espèces indigènes.

L'arrondissement de Dunkerque et le canton de Bourbourg peuvent revendiquer une bonne part de cette initiative féconde. La Société d'Agriculture de cette dernière ville, dit son honorable Président M. de Meunynck, a engagé il y a plusieurs années les cultivateurs de son ressort à essayer la culture de certaines variétés productives de froment d'Angleterre. Ses efforts ont été couronnés de succès. En effet, dès l'année 1852, le quart de la production totale en céréales du territoire de Bourbourg et des environs consistait en espèces étrangères ; en 1859 cette proportion était de moitié, aujourd'hui les blés indigènes n'occupent plus que le quart environ du territoire emblavé.

Ce résultat est considérable, car on peut évaluer à vingt pour cent, dit le même agronome, le surcroît de rendement des blés anglais comparativement à ceux de la Flandre. C'est une augmentation de valeur annuelle d'environ un million de francs, rien que pour le territoire de Bourbourg.

BLÉ VELOUTÉ.

M. Dantu-Dambricourt, à Steene, cultive également avec succès les blés anglais, particulièrement le blanc velouté. Il estime que cette variété produit en moyenne sur ses terres six à dix hectolitres de plus que le blé blanc du pays. Toutefois cette espèce présente l'inconvénient de germer facilement si le temps est humide, lors de la moisson, même lorsqu'elle est mise en moyettes.

M. Pilat, l'agriculteur renommé de Brebières, cultive un blé anglais velouté à épis carrés et à grains courts, qui, d'après sa déclaration, lui a donné en 1866, **59** hectolitres à l'hectare. Il paraît que dans cette variété les balles qui entourent le grain restent closes pendant la maturité et empêchent celui-ci de se disperser lorsqu'il survient de grands vents. C'est pour la même raison probablement que ce blé est difficile à battre. Toutefois il ne faut pas attribuer à cette cause les rendements exceptionnels obtenus par M. Pilat, mais plutôt à sa méthode générale de culture, à son habileté et à la fertilité de ses terres.

BLÉ LORD DUCY.

M. Lecat-Butin, de Bondues, cultive avec beaucoup
d'avantages depuis plusieurs années le blé anglais dit « Lord
Ducy ». Cette variété a l'épi carré, le grain blanc, la paille
courte et raide et elle résiste fort bien à la verse. Cet agriculteur zélé, qui, dans le cours de sa laborieuse et utile
carrière, a fait de nombreuses expériences sur la culture
de plusieurs variétés de céréales, a adopté définitivement
le blé Lord Ducy ; il a constaté qu'il lui rapporte en moyenne
dix pour cent de plus que le blé blanc du pays.

BLÉ BLANC D'AUSTRALIE.

L'honorable Secrétaire du Comice Agricole de Saint-Amand
a appelé notre attention sur cette belle variété de céréales
qui, d'après son attestation, a donné plus de 50 hectolitres
par hectare, dans les polders de l'Escaut, c'est-à-dire dans
les terres fécondées par les alluvions de ce fleuve. Son grain
est blanc, arrondi, serré dans l'épi, la paille est raide.

On l'a cultivée à Saint-Amand comme blé *de saison* (semé
avant l'hiver), et comme blé de printemps, sans remarquer
une grande différence dans les produits. D'après des essais
que nous poursuivons actuellement, nous pensons qu'on
pourrait trouver dans les espèces exotiques des blés de mars
plus avantageux que ceux que nous possedons aujourd'hui.

BLÉ DE HOLLANDE.

M. Vandercolme a introduit cette variété de céréale dans son exploitation depuis deux ans. Dans les fortes terres ce blé a donné jusqu'à 38 hectolitres. Il résiste à la gelée et ne verse pas.

BLÉ ROSEAU.

Cette variété donne une tige grosse et raide très-élevée qui a un peu l'apparence d'un roseau Elle a rendu 44 hecto-litres à l'hectare chez M. Pilat, en 1866.

Enfin, M. Constant Fiévet, de Masny, a adopté dans sa culture plusieurs espèces de blés étrangers qui lui donnent de grands produits, ce sont particulièrement :

Le blé d'Essex qui peut remplacer, pour le grain, le blé flamand.

Le blé Hykling ou blé doré qui convient bien aux terres grasses des bonnes exploitations.

Le blé Maigh Wheat prolific.

   id.   Prince Albert.

   id.   Bleu de Noé, etc., etc.

BLÉS ROUX D'AUSTRALIE.

Le blé roux d'Australie est aussi très-productif. La variété à barbes, que MM. Coget et Delcroix avaient envoyée à notre exposition, est cultivée chez eux sans interruption depuis 1858. Le rendement accusé de 40 hectolitres à l'hectare est le résultat moyen de huit récoltes successives obtenues sur dix hectares Ce blé a l'avantage de résister aux coups de vent et de ne pas germer lorsqu'il est en moyettes. Il est plus difficile à battre, sa paille raide et longue est excellente pour faire de la litière.

Le prix de vente de ce blé est de 1 fr. 50 à 2 fr., par hectolitre inférieur à celui du blé blanc.

En général, les blés roux d'origine anglaise procurent des rendements très-élevés, ainsi qu'on a pu en juger par les chiffres émanés de la Société de Bourbourg, mais outre que ces grains ont moins de valeur vénale, ils périssent souvent pendant nos hivers rigoureux.

BLÉ GÉNÉALOGIQUE DE HALLETT.

D'après les renseignements que nous devons encore à M. Chotteau, cette variété est cultivée à Saint-Amand, avec succès, depuis trois années. Elle y a été acclimatée et améliorée par sélection ; ses épis, d'une grandeur exceptionnelle, sont abondamment pourvus de grains, aussi en 1866, le rendement a-t-il été de 45 hectolitres à l'hectare.

Jusqu'à présent ce blé a résisté à la rigueur de nos hivers.

CULTURE DU BLÉ

La préparation des terres sur lesquelles on se propose de semer du blé dépend de la culture précédente. Elle varie nécessairement aussi, selon leur constitution physique, leur état d'humidité, l'époque des semailles, etc.

Autrefois on soumettait fréquemment le champ que l'on se proposait d'emblaver à une opération préalable qui est moins en usage aujourd'hui et que l'on appelle *Ruotage* ou *lit avant*. Elle consiste à creuser avec la bêche dans l'étendue de la septième raie de labour (et ainsi de suite de sept en sept), une rigole (*un ruot*) ayant une profondeur égale à la longueur de cet instrument et à répartir régulièrement le cube de terre enlevé sur la surface des raies précédentes.

La rigole étant creusée, le laboureur la bouche immédiatement avec une raie profonde (c'est ce qu'on appelle *rebouter le ruot*), puis il diminue graduellement la profondeur du labour, de manière à n'effleurer pour ainsi dire que la surface, lorsqu'il est arrivé de nouveau à la septième raie. Là un ouvrier creuse un second *ruot* et dépose la terre comme il l'a fait précédemment. On continue de cette manière jusqu'à ce que tout le champ soit labouré et ruoté (*).

Cette opération excellente que nos cultivateurs ont abandonnée à regret, donne les meilleurs résultats. Pratiquée depuis un temps immémorial dans nos contrées, elle a con-

---

(*) Il est difficile d'expliquer en quelques mots cette opération, qu'il faut avoir vu exécuter pour la bien comprendre.

tribué puissamment à la prospérité de notre agriculture. Celle ci a profité largement de ces défoncements qui, s'opérant en divers endroits du champ, finissent par lui donner beaucoup de profondeur de terre végétale. Le fond du labour formant une pente s'inclinant vers la rigole permet à l'eau surabondante de s'écouler. Le sol est assaini presque aussi bien que par le drainage et il est fertilisé par cette multitude de pelletées de terre vierge, imprégnées de vieux engrais, que l'on dépose à sa surface.

Le travail que nous venons de décrire étant achevé, on laisse la terre en repos pendant quelques semaines, et dès que le temps est convenable, on ameublit le sol, on sème à la volée et on enterre la semence avec les dents de la herse.

Aujourd'hui encore, surtout dans la petite culture, les semailles ont lieu de la manière suivante qui diffère peu de la précédente, mais qui, en certains cas, est encore plus avantageuse.

Après avoir labouré sept raies de la manière que nous venons d'indiquer, on applanit la terre avec la herse ou simplement avec la houe, si le temps n'est pas favorable, et on sème immédiatement le grain à la volée sur cette surface préparée.

Cette opération terminée, un ouvrier creuse dans toute la longueur de la septième raie (qui n'a pas reçu de semence pour le moment) une rigole de la profondeur d'un fer de bêche, et il répartit avec régularité les cubes de terre enlevés sur le grain qu'on vient de répandre. Cette rigole est bouchée à son tour par une première raie qui est suivie de six autres, on sème, on *ruote* et on continue ce travail jusqu'à ce que le champ soit emblavé.

Cette ancienne méthode que nos pères exécutaient avec une scrupuleuse régularité est précieuse dans nos terres humides, parce qu'elle permet de faire la *remise* par tous les temps.

Le grain germe rapidement et l'on peut attendre un moment convenable pour donner à la terre les autres façons nécessaires.

L'absence de bras, la cherté de la main-d'œuvre obligent aujourd'hui nos cultivateurs à simplifier leurs méthodes de culture, aussi la préparation des terres dont nous venons de parler est presque entièrement abandonnée. On doit le regretter, car il est positif que les *blés ruotés* ont plus de vigueur, *plus de pied*, résistent mieux aux gelées que ceux qui sont semés de toute autre manière. Ils procurent incontestablement aussi un rendement plus élevé.

Aujourd'hui, le blé est semé d'une manière plus simple. On donne au sol plusieurs labours avec l'extirpateur et la charrue. Toutefois après betteraves ou pommes de terre, un seul labour de peu de profondeur suffit, la terre ayant été rendue plus perméable, plus poreuse, par suite de la culture de ces racines. On herse, on roule, puis on sème à la volée ou en lignes avec le semoir.

Dans le premier cas la semence est enterrée à l'aide de la herse ou de l'extirpateur, quelquefois par un trait de charrue très-superficiel (semis sous raie).

Les semis en lignes avec la machine se sont fort propagés depuis quelques années. Il n'est pas nécessaire d'en reproduire ici les avantages qui sont connus de tout le monde. Lorsque la terre contient de l'arrière-fumure, comme après betteraves, par exemple, on espace ordinairement les lignes de 22 à 25 centimètres ; dans une terre pauvre, on sème en lignes plus rapprochées.

Après les semailles et aussitôt que le temps le permet, il est nécessaire de plomber le sol avec de forts rouleaux. M. Pilat de Bresbières, dont les terres ont été fort *allégées* par des applications fréquentes d'écumes de défécations, roule sur semis avec de forts rouleaux Croskill. Par cette opération,

FI.   K la terre se tasse, la jeune plante *prend du pied*, résiste mieux à la gelée et aux attaques des insectes.

Il est universellement reconnu que les nouveaux semis sont moins exposés à périr dans un sol rendu compact.

Plus tard, lorsque les plantes se sont bien enracinées, il faut au contraire, multiplier les binages qui doivent varier de profondeur selon la nature des *ovéties* ; ainsi pour les betteraves, les navets et les pommes de terre, il est avantageux de remuer profondément le sol à la houe, à main ou à cheval.

Au printemps suivant, on donne en temps utile aux blés, les hersages et les sarclages nécessaires. Quelquefois, si on les voit un peu languissants, on les stimule par un léger arrosement d'engrais flamand ou une petite quantité de guano. Pour des *blés de betteraves*, (*) ces engrais sont rarement employés.

AVOINE.

Les produits qui ont le plus attiré l'attention des connaisseurs visitant notre pavillon, étaient, sans contredit, les avoines exposées par M. Dantu-Dambricourt de Steene. Leurs tiges avaient la grosseur et l'élévation du roseau ; elles supportaient des panicules dont les épillets nombreux et serrés attestaient une vigueur de végétation extraordinaire. Ces gerbes plantureuses, pouvaient montrer aux habitants de la plupart des contrées de la France, ce que notre sol est susceptible de produire sous l'incitation intelligente de nos laborieux cultivateurs.

(*) Cette expression indique que le blé succède aux betteraves, on dit de même, blé de trèfle, betteraves de tabac, etc. Ces simplifications de langage sont usitées généralement à Lille.

Nous citerons encore les personnes suivantes parmi celles qui nous avaient envoyé des gerbes d'avoines remarquables :

M. Constant Fiévet , à Masny.

Avoine dite de deux lunes.

Semée dans la proportion de 175 litres (au semoir), cette espèce avait produit en moyenne 90 hectolitres par hectare sur une superficie totale de 17 hectares.

M. Delmazure , d'Annappes.

Avoine blanche.

Sur une superficie de 6 hectares, on avait obtenu 540 hectolitres soit 90 hectolitres par hectare.

SOCIÉTÉ D'AGRICULTURE DE BOURBOURG.

Avoine de Flandre.

Rendement 102 hectolitres par hectare ; semé 250 litres (à la volée).

Avoine panachée , rendement 80 hectolitres par hectare.

M. Porquet-Lefebvre , de Bourbourg.

Avoine de Sainte Marie-Kerque, ·
     id. Bretagne , — Avoine de Bourbourg ,
     id. Sibérie , —   id. Dixmude ,
     id. Hongrie , —   id. Sibérie ,
     id. Sangatte , —   id. Nue , etc.

Nous venons de voir quels rendements d'avoine on peut obtenir en culture perfectionnée, et il faut bien le penser, dans des circonstances exceptionnelles. Examinons maintenant ceux qui sont accusés par la statistique officielle du Département du Nord.

ARRONDISSEMENTS	Nombre d'hectares cultivés	Produit moyen par hectare	PRODUIT TOTAL	Poids moyen de l'hectolitre	Produit moyen en paille, par hectare en quintal métrique (100 kilog.)
Avesnes. . . .	11,081,05	37,77	418,617,76	41,61	27 »
Cambrai. . .	9,101 »	50 »	455,040 »	43,79	32,99
Douai. .	6,177 »	60 »	373,545 »	42,00	37 »
Dunkerque. .	3,208,65	49,81	248,213,42	45,15	27,97
Hazebrouck. .	3,622 »	50 »	172,522 »	45,00	28,00
Lille. . .	8,194,97	55,01	450,807,45	43,55	30,74
Valenciennes. .	5,531 »	50,67	280,273 »	44 »	34 »
	48,915,67	49,04	2,399,018,63	43,59	31,10

CULTURE DE L'AVOINE.

Ainsi qu'on a pu le remarquer par les exemples de rotations que nous avons donnés précédemment, l'avoine succède, chez nous, presque toujours au blé. Comme nous appliquons ordinairement beaucoup d'engrais aux récoltes sarclées telles que la betterave et la pomme de terre, l'arrière-fumure pourrait être nuisible à l'avoine qui pousserait trop en vert et serait exposée à verser, c'est pourquoi on a l'habitude d'intercaler un blé entre la plante qui reçoit l'engrais et l'avoine.

Lorsqu'on se propose de semer de l'avoine, on donne à la terre un ou deux labours avant l'hiver. Au printemps, on la cultive avec le binot ou l'extirpateur, on herse, on roule et on sème au semoir ou à la volée.

Lorsqu'on se sert du semoir, il suffit de répandre 150 à 175 litres de semence par hectare. Si cette opération a lieu à la volée, il faut en employer davantage, 250 litres par exemple.

La semence, répandue à la volée, est enterrée avec la herse ou ce qui est préférable, par un coup d'extirpateur qui la fait tomber dans un sol plus humide où elle germe avec rapidité. La couche de terre qui la recouvre donne ultérieurement du pied aux racines et conséquemment plus de raideur à la plante.

Un procédé fort estimé depuis des siècles par nos cultivateurs consiste à semer l'avoine sous raie, c'est-à-dire à la couvrir par un labour superficiel après l'avoir semée à la volée. Cette pratique fort en usage encore dans l'arrondissement de Lille, donne de bons résultats. C'est ce que nous appelons *heuler* (*) l'avoine.

(*) Nous ignorons l'origine de ce mot et comment il faut l'écrire.

Enfin la méthode la plus avantageuse , sans contredit , celle qui réussit toujours , consiste à *ruoter* l'avoine en la couvrant à la bêche comme nous l'avons indiqué pour le blé. La semence fixée sous une couche de terre fertile et humide , lève avec régularité ; la jeune plante s'enracine convenablement et végète avec vigueur.

Nous avons répété cette opération cette année (1868) et nous en avons été fort satisfait. Quoique notre semis ait eu lieu tardivement et qu'il ait été exposé à une sécheresse opiniâtre, il n'a nullement souffert ; toutes les tiges saines , d'un vert foncé , ont atteint une hauteur uniforme et ont donné une bonne récolte.

Enfin, quelque soit le mode employé pour faire les semailles , il faut, aussitôt que le temps le permet , plomber la terre avec un rouleau d'autant plus lourd que celle-ci a moins de consistance. Il ne reste plus qu'à donner les sarclages en temps utile.

ORGE , ESCOURGEON , SEIGLE , BLÉ MILLET , MAÏS.

Nous nous contenterons , pour terminer la partie agricole de notre rapport , de mentionner les personnes qui nous avaient envoyé des céréales de ces différentes espèces , ainsi que les rendements qu'elles nous ont déclarés.

SOCIÉTÉ D'AGRICULTURE DE BOURBOURG.

Escourgeon.

On avait semé dans la proportion de 150 litres par hectare et obtenu 41 hectolitres pour la même superficie.

Seigle.

La proportion de semence avait été de 280 litres par hectare et la récolte avait donné 31 hectolitres.

M. Constant FIÉVET, de Masny.

Une gerbe de seigle très-élevée.
Semis, 175 litres par hectare, rendement 28 hectolitres.

M. BIEUSSART, de Saint-Amand.

Escourgeon du pays dont le rendement s'élève jusqu'à 60 hectolitres par hectare.

Enfin, nous citerons encore les produits exposés en grand nombre par M. Porquet de Bourbourg ; tels que :
Pamelle.
Escourgeon de l'Himalaya.
        id.   d'Afrique.
Blé millet.
Maïs, etc.

En terminant, n'oublions pas de mentionner les hautes récompenses qui ont été accordées à trois de nos principaux agriculteurs du Nord que la notoriété publique, mieux encore que les admirables produits qu'ils avaient exposés dans notre pavillon, désignait au choix du Jury.

Ce sont MM :

Dantu-Dambricourt, de Steene,
Constant Fiévet, de Masny,
Vandercolme, de Rexpoëde.

qui ont obtenu chacun une médaille d'or.

Examen des Produits Industriels

qui ont figuré dans notre Exposition

PRODUITS DÉRIVÉS DES CÉRÉALES

Dans chacun des groupes de végétaux dont nous venons de donner la description, les organisateurs de notre exposition avaient placé les produits que l'industrie sait en extraire. Ainsi dans le groupe des céréales, figuraient les dérivés de la mouture : l'amidon, les bières, les alcools et les vinaigres de grains ; dans le groupe des betteraves : les sucres bruts et raffinés, les mélasses, les alcools, et ainsi de suite.

Ces produits étaient accompagnés soit des documents industriels donnés par les exposants eux-mêmes, soit d'une description sommaire des meilleurs procédés employés pour leur fabrication. Nous allons les passer succinctement en revue et reproduire ces documents.

FARINES. — PRODUITS DE MOUTURE.

M. Schotsmans, industriel à Don, avait exposé une vitrine à compartiments contenant les produits suivants :

Farine première,	Petit son,
Gruau,	Blé de Lille.
Gros son,	

Les moulins de Don sont pourvus du matériel suivant :

Quatre machines à vapeur d'une force effective réunie de 200 chevaux environ , deux roues hydrauliques et une turbine, représentant une force nominale équivalente , cinquante-deux paires de meules pouvant moudre 300,000 quintaux métriques de blé par an.

Chaque quintal de blé produit en moyenne :

50 pour cent de farine première ,
25 id. gruau ,
22 id. son ,
 3 id. déchet.

Les farines sont expédiées en majeure partie dans les districts manufacturiers de l'Angleterre. Les gruaux sont consommés généralement dans l'arrondissement de Lille.

Cette importante usine reçoit des blés de tous les points du globe , aussi bien d'Europe que d'Amérique. Plus souvent elle s'approvisionne dans les environs et dans toutes les localités desservies par des voies navigables depuis Don jusqu'à Strasbourg.

M. Schotsmans a introduit dans son usine pour décharger les blés une puissante *Noria* qui procure une grande économie de main-d'œuvre. Elle lui permet de décharger 50 tonnes de blé en une heure, à raison de 0 fr. 10 la tonne, prix dix fois moins élevé que le coût de cette main-d'œuvre par tous les moyens connus et employés en Europe.

M. Risbourg , à Bouchain. Cette maison avait présenté les produits successifs d'une mouture perfectionnée , dite à l'anglaise. Nous reproduisons la légende qui accompagnait ces produits , ainsi que le détail des rendements déclarés.

EXTRAIT D'UNE MOUTURE DE BLÉ BLANC FIN RÉCOLTÉ EN 1866, A DENAIN, PRÈS VALENCIENNES.

Poids de l'hectolitre, 77 k.^{os} 500.

1.° Le blé à son arrivée au moulin.
2.° Le blé après le nettoyage.
3.° Le blé après avoir passé dans les cylindres à comprimer.
4.° La boulange en farine brute.
5.° Farine de première qualité.
6.°   id.   deuxième   id.
7.°   id.   troisième   id.
8.° Gros son.
9.° Son moyen.
10.° Remoulage bis.
11.° Remoulage blanc.
12.° Déchet de l'émoteur.
13.° Déchet du premier ventilateur.
14.° Poussière produite par la première colonne verticale.
15.° Déchet du deuxième ventilateur.
16.° Poussière produite par la deuxième colonne verticale.
17.° Déchet du troisième ventilateur.
18.° Déchet du cylindre cribleur.
19.° Déchet du quatrième ventilateur.
20.° Farine folle de l'aspirateur.
21.° Farine folle du lasseur.
22.° Farine folle du cylindre brosseur.

RENDEMENT DE LA MOUTURE.

Farine de première qualité.	72,30 °/₀	Toute Farine
» deuxième »	2,25 °/₀	75,50
» troisième »	0,95 °/₀	
Gros Son	8,80 °/₀	
Son moyen.	7,25 °/₀	
Remoulage bis. . . .	3,50 °/₀	Issues
Remoulage blanc . . .	2, » °/₀	22,82
Petits Blés et poussière .	1,27 °/₀	
Evaporation		1,68
		100, »

AMIDON DES CÉRÉALES.

MM. Lecomte-Dupont et Fils, d'Estaires, avaient exposé plusieurs échantillons d'amidon qui, par leur qualité supérieure, justifient la réputation dont jouit cette maison. En voici l'énumération :

> Blé avarié.
> Amidon de qualité supérieure.
>   id.   ordinaire.
>   id.   en poudre.
>   id.   azuré.
> Gluten mélangé d'amidon.

Pour la fabrication de l'amidon, ils emploient des blés de qualité inférieure qu'ils achètent sur les marchés du pays ou dans les ports de France et de l'étranger : blés mouchetés, germés, échauffés ou touchés d'eau de mer.

Propriétaires de deux usines situées l'une à Estaires, l'autre à La Gorgue, ces industriels occupent 110 ouvriers et mettent en œuvre, chaque jour, 13,500 kilog. de blé. La consommation pour 300 jours de travail est donc de 4,050,000 kilog. de cette céréale.

On en extrait environ 50 pour cent d'amidon de première et de seconde qualité. La production annuelle est ainsi de 2,025,000 kilogrammes.

La moitié de cette quantité est livrée à la consommation du pays, l'autre moitié est exportée à l'étranger.

En 1866 l'exportation s'est élevée à 1,179,029 kilog. d'amidon pour l'Angleterre seulement. Cette quantité représente à peu près la moitié de l'exportation générale de toute la France.

Après l'extraction de l'amidon, il reste des déchets humides : gluten et son mélangés, qui se vendent aux cultivateurs du pays pour la nourriture du bétail. Les usines de MM. Lecomte-Dupont et Fils en produisent quotidiennement 10,000 kilog. qui suffisent à l'entretien de 400 vaches laitières.

Le Jury de la classe 67, voulant donner un témoignage d'estime à ces industriels, leur a décerné une Médaille d'Or.

PAPIERS DE PAILLE.

MM. D. et E. Scrive, Manufacturiers à Marcq-en-Barœul, près de Lille, avaient exposé des échantillons successifs de la fabrication du papier, dont voici l'énumération :

Etoupes de lin brutes.
    id.   id.   coupées et blutées.
    id.   id.   dégraissées et lavées.
    id.   id.   id.   et pressées.
    id.   id.   id.   et blanchies.

Paille d'avoine coupée et blutée.
    id.   dégraissée.
    id.   id.   et blanchie.
Paille de blé coupée et blutée.
    id.   dégraissée.
    id.   id.   et blanchie.

Cette honorable maison a fondé en 1861, une fabrique qui utilise la paille des céréales comme matière première pour la fabrication du papier blanc destiné particulièrement à l'impression des journaux.

Il entre chaque jour dans l'usine de Marcq-en-Barœul trois mille kilogrammes de paille de blé, seigle, avoine, colza, œillettes, etc., qui sont transformés en papier valant de 100 à 110 francs le quintal.

BIÈRES.

M. Delobel, de Lambersart, sur la demande du Comité, avait bien voulu mettre à notre disposition les échantillons des produits de la Brasserie Lilloise, tels que :

Grain germé et touraillé.
    id.   moulu.
    id.   Bière forte de Lille.
    id.   Petite Bière.
    id.   Drêche de Bière.

BIÈRE DE BAVIÈRE.

M. Julius Dornemann, Brasseur, à Ennequin, près Lille.

Produits successifs de cette fabrication.
Cet industriel fabrique dans l'arrondissement de Lille, par

les procédés usités en Bavière, une bière d'un goût agréable, mousseuse, dont la consommation a pris beaucoup de développement depuis quelques années.

La quantité de bière qui a été fabriquée en 1866 dans l'arrondissement de Lille, s'est élevée à 775,463 hectolitres pour une population totale de 523,231 habitants, soit en moyenne 150 litres par habitant. En 1855, d'après Loiset, cette production était de 418,810 hectolitres (*).

ALCOOL DE GRAINS — GENIÈVRE — VINAIGRE.

M. Bigo-Tilloy, distillateur à Esquermes, Lille, avait exposé les produits successifs de la fabrication de l'alcool de grains, tels que :

> Orge.
> Seigle.
> Orge germé.
> Mélange de mouture, seigle et malt.
> Drêche.
> Flegmes à 40°.
> Alcool à 96°.
> Genièvre à 49°.

M. Ricquer De Baets, de Dunkerque,
> Vinaigre de grains clair.
> id.   id.   coloré.
> Genièvre rectifié.

(*) En l'an IX (1801), la population de l'arrondissement de Lille était de 296,519 individus et la production de la bière s'élevait à 281,864 hectolitres, soit environ 125 litres par habitant, en supposant, comme aujourd'hui, qu'il n'y avait pas d'exportation à cette époque.

M. J.-B. Mariage, à Thiant.

Alcool de Riz.
id. de Maïs.

M. Auguste Dayez, à Valenciennes,
Genièvre de grains (Maïs et Orge).
id. id. (Seigle et Orge).

La distillation des grains s'opère ainsi dans les fabriques du Département du Nord.

On délaie 20 à 25 parties d'orge germé (malt) suivant qualité dans l'eau portée à 65, 68 degrés centigrades. On ajoute ensuite peu à peu, en agitant vivement et en maintenant la même température, 75 à 80 parties de seigle moulu.(*)

Au bout de vingt minutes d'agitation, on laisse reposer pendant quarante minutes environ, ensuite on fait refroidir, on met le moût en cuve et on en excite la fermentation par une addition convenable de levure. Il vaut mieux que la fermentation débute à une température un peu élevée qu'à une température basse. Elle est plus active et l'on évite la production d'une quantité sensible d'acides organiques qui s'engendrent aux dépens de l'alcool et qui exercent une fâcheuse influence sur la qualité des produits distillés.

Si l'on distille du maïs ou du riz par le malt, il faut moudre

---

(*) Dans les usines un peu importantes, la saccharification a lieu dans des macérateurs munis d'une double enveloppe qui permet de chauffer primitivement les matières par une injection de vapeur et de les refroidir ensuite par une introduction d'eau froide. On verse d'abord dans le macérateur une quantité d'eau convenable, dont on élève la température, puis on y fait couler le mélange de malt et de seigle moulus ensemble. Un agitateur horizontal remue la masse pendant l'opération.

ces graines deux fois, afin de les obtenir en poudre impalpable, chauffer à 100°, refroidir à 68°, et *malter* avec 28 à 30 pour cent de malt. Cette précaution est nécessaire pour désagréger ces grains qui ne *s'attaquent* pas facilement.

La fermentation étant terminée, on distille le moût pour en obtenir les flegmes. Ceux-ci distillés une seconde fois dans un *rectificateur* fournissent l'alcool à 96 degrés.

Voici quelques chiffres des rendements qu'on peut obtenir :

Quantité de grain dans un hectolitre de moût mis en fermentation. . . .	11 kilog.
Rendement moyen en alcool à 90° (par 100 kil. de grains)	30 à 51 litr.
Drêche obtenue par hectolitre d'alcool. .	20 à 22 hect.

PRODUITS INDUSTRIELS DES PLANTES

OLÉAGINEUSES.

Cette partie de notre Exposition était dignement représentée par les produits remarquables et nombreux de la fabrique d'huiles de MM. Marchand frères, de Dunkerque.

Ces industriels avaient exposé des types des graines exotiques et indigènes qui entrent dans leur fabrication, accompagnés des huiles et des tourteaux qu'ils en retirent.

Autour de ces objets groupés avec méthode, figuraient les documents qui pouvaient en faire ressortir l'intérêt : Analyses de tourteaux indigènes et exotiques, renseignements sur les rendements, etc. Nous avons reproduit ailleurs les analyses, voici les chiffres de rendements déclarés par les exposants :

RENDEMENTS EN HUILES DES GRAINES OLÉAGINEUSES EXPOSÉES.

	Poids de l'hectolitre de graines	Quantités de graines	Produits en huiles	Quantités d'huile extraites de 100 de graines
Sésame blanche du Levant . . .	60 kilog.	215 kilog.	100 kilog.	46 k. 5
Arachides décortiquées . . .	60 »	230 »	100 »	43 » 4
Sésame blanche de l'Inde . . .	60 »	235 »	100 »	42 » 6
Amandes de Palmiste . . .	60 »	290 »	100 »	34 » 4
Coton d'Egypte . . .	53 »	291 »	100 kilog.	34 » 4
Arachides brutes . . .	32 »	340 »	100 »	29 » 4
Colza jaune du Gutzerat . . .	64 »	340 litres	1 hect.	24 lit. 1
Colza navette . . .	67 »	360 »	1 »	27 » 8
Colza du pays . . .	66 »	360 »	1 »	27 » 8
Colza de Calcutta . . .	65 »	400 »	1 »	25 » 0
Pavots des Indes . . .	57 »	415 »	1 »	24 » 1
OEillette du pays . . .	60 »	415 »	1 »	24 » 1
Lin du pays . . .	70 »	470 »	1 »	21 » 3
Cameline . . .	68 »	475 »	1 »	21 » 1
Chènevis du pays . . .	51 »	800 »	1 hect.	12 » 5

Fl.

L

La production de tourteaux atteint dans cette usine le chiffre considérable de 40 tonnes par jour. Les espèces exotiques sont exportées en majeure partie en Angleterre, les indigènes entrent généralement dans le marché intérieur. Nous avons exprimé ailleurs le regret de voir l'Agriculture Française méconnaître la valeur de substances fertilisantes vivement recherchées par nos voisins qui ont à supporter en outre le chargement, le frêt et le transbordement de la marchandise jusqu'aux lieux de consommation.

Les prix des différents tourteaux tant exotiques qu'indigènes étaient, au mois de Janvier dernier, établis comme suit :

N.ᵒˢ	1.	Tourteaux de lin indigène.	fr. 29,00 les 100 kil.
	2.	dᵒ dᵒ exotique	26,50 dᵒ
	3.	dᵒ œillette indigène	19,00 dᵒ
	4.	dᵒ arachides décortiquées	18,00 dᵒ
	5.	dᵒ œillette exotique	16,50 dᵒ
	6.	dᵒ sésame	16,50 dᵒ
	7.	dᵒ colza indigène	16,00 dᵒ
	8.	dᵒ cameline	15,50 dᵒ
	9.	dᵒ chênevis indigène	14,00 dᵒ
	10.	dᵒ coton d'Egypte	14,00 dᵒ
	11.	dᵒ colza exotique	14,00 dᵒ
	12.	dᵒ palmiste	13,00 dᵒ
	15.	dᵒ arachides brutes	13,00 dᵒ

Une Médaille d'argent a été décernée à ces industriels, en considération de leur initiative commerciale et de la qualité de leurs produits.

PRODUITS INDUSTRIELS DE LA BETTERAVE.

SUCRERIES.

Le département du Nord a été le berceau de cette belle industrie du sucre de betterave qui a tant contribué à la prospérité de son agriculture.

Par la fertilité acquise de son sol et grâce surtout à l'esprit d'initiative de ses habitants, cette contrée produisait déjà en abondance des céréales, des plantes textiles et oléagineuses, elle nourrissait un nombreux bétail dans ses fertiles pâturages. Sa richesse agricole s'est accrue encore, nous l'avons déjà dit, par l'introduction de la betterave qui, nécessitant des labours profonds, d'abondants engrais et des sarclages multipliés, constitue la meilleure préparation pour la culture du blé.

Le département du Nord fabriquait, en 1838, environ 18 millions de kilogrammes de sucre brut. Sa production en 1865-66 s'est élevée à plus de 94 millions de kilogrammes. Dans le cours de cette dernière campagne, la totalité du sucre fabriqué en France a atteint un chiffre considérable, elle a dépassé 265 millions.

Nous reproduisons d'autre part un tableau qui a figuré dans notre Exposition et qui indique les quantités de sucre de betteraves qui ont été fabriquées en France depuis l'année 1835. Ce tableau ainsi que plusieurs documents qui vont suivre, sont empruntés à une intéressante brochure que M. J.-B. Mariage a publiée récemment sur l'industrie sucrière dans l'arrondissement de Valenciennes.

TABLEAU DE LA PRODUCTION DU SUCRE DE

DÉSIGNATION des CAMPAGNES	PRODUCTION de la FRANCE	AISNE	NORD
1835 — 1836	40.000.000	»	»
1836 — 1837	48.968.805	»	»
1837 — 1838	49.236.091	»	»
1838 — 1839	39.199.408	4.212.029	18.031.178
1839 — 1840	22.693.852	2.771.148	9.721.568
1840 — 1841	26.939.897	2.857.074	13.735.856
1841 — 1842	31.234.954	3.103.178	15.334.063
1842 — 1843	29.560.636	2.922.091	15.477.549
1843 — 1844	28.660.029	3.087.147	15.149.565
1844 — 1845	36.457.936	3.690.650	20.318.428
1845 — 1846	40.546.839	4.018.805	22.527.978
1846 — 1847	53.795.055	5.409.869	29.017.510
1847 — 1848	64.316.225	5.815.864	36.119.656
1848 — 1849	38.639.032	3.594.472	22.990.902
1849 — 1850	62.175.214	5.304.249	36.228.377
1850 — 1851	76.151.128	5.451.393	45.781.135
1851 — 1852	68.583.115	6.723.898	36.593.691
1852 — 1853	75.275.235	8.100.405	40.819.197
1853 — 1854	76.951.080	9.692.302	39.587.809
1854 — 1855	44.669.644[1]	8.005.291	16.667.378
1855 — 1856	92.197.663	15.687.818	46.222.070
1856 — 1857	83.126.618	16.522.727	36.982.692
1857 — 1858	151.514.435	25.460.985	66.137.393
1858 — 1859	132.650.671	25.345.960	55.849.768
1859 — 1860	126.479.962	25.812.846	50.809.694
1860 — 1861	100.876.286	20.128.559	42.904.363
1861 — 1862	146.414.880	29.646.273	60.482.902
1862 — 1863	173.677.253	33.795.067	66.881.779
1863 — 1864	108.466.741	16.981.051	43.867.684
1864 — 1865	149.014.316	23.395.572	55.635.552
1865 — 1866	265.489.352	49.037.644	94.606.685
1866 — 1867[2]	204.069.734	36.058.763	74.453.083

[1] Diminution à cause de la direction des betteraves sur les distilleries.

ETTERAVES, DEPUIS LE 1.er SEPTEMBRE 1835.

OISE	PAS-DE-CALAIS	SOMME	Autres départements
»	»	»	»
»	»	»	»
»	»	»	»
792.474	7.231.829	3.559.159	5.372.739
547.438	4.262.866	2.057.105	3.333.728
527.937	4.877.020	2.299.825	2.642.185
751.746	5.856.944	2.683.421	3.505.602
691.186	5.916.923	2.358.308	2.194.579
770.564	5.729.048	2.144.257	1.779.458
670.333	7.813.333	2.384.780	1.580.412
921.829	8.771.992	2.498.961	1.807.274
1.515.495	12.845.330	3.292.376	1.714.484
1.736.451	15.084.910	3.552.759	2.006.585
1.022.103	7.645.550	2.075.330	1.310.675
1.839.761	13.350.947	3.234.593	2.217.287
1.646.376	16.941.744	3.523.881	2.806.597
2.518.411	16.303.789	3.982.437	2.460.889
4.024.035	15.622.637	3.895.118	2.813.843
4.372.783	16.109.467	5.029.466	2.159.253
3.086.385	12.077.708	4.263.354	569.528
5.101.778	15.512.088	7.582.196	2.091.712
6.557.067	14.476.134	6.701.551	1.886.446
9.553.031	30.464.289	12.072.812	7.815.926
9.489.854	22.312.449	10.310.411	9.342.229
8.091.206	25.304.992	10.462.356	5.998.868
5.595.332	17.707.935	7.610.578	6.929.519
8.843.281	27.891.527	13.429.995	6.120.902
11.983.243	32.769.015	17.476.865	10.771.284
7.219.585	21.835.310	7.225.212	11.337.899
12.092.486	25.652.025	14.055.277	18.183.404
21.364.585	45.473.691	30.067.185	24.939.562
15.239.109	34.029.766	23.208.399	21.080.614

2 Jusqu'au 1.er mars, chiffres approximatifs.

Lors du développement qu'a pris chez nous la culture de la betterave, quelques personnes ont pu craindre, même de bonne foi, que l'envahissement de cette racine ne nuisît à la production des céréales et ne fût conséquemment défavorable à l'alimentation des populations. Cette crainte est dissipée aujourd'hui ; dans l'arrondissement de Valenciennes, la quantité de terre affectée à la culture du froment a dépassé de plus de mille hectares en 1866, celle qui recevait la même destination en 1854 ; quoique dans le même espace de temps la culture de la betterave ait pris une extension considérable. Ainsi que le fait remarquer M. Mariage « c'est sur les prairies naturelles et artificielles, sur les bois et surtout sur l'orge et le colza que l'empiètement a eu lieu. Non-seulement la culture de la betterave a eu pour effet d'augmenter chez nous, comme partout ailleurs, la production des céréales, mais en même temps celle de la viande. Elle a radicalement chassé la jachère qui, au commencement du siècle, était encore représentée par 4,600 hectares, en 1840, par 3,991 hectares, et en 1857, par 42 hectares. Il n'en existe plus de trace aujourd'hui. »

Nous n'entreprendrons pas de décrire les procédés de la fabrication du sucre de betteraves. Cette entreprise nous mènerait trop loin. Personne n'ignore que la betterave est généralement divisée en pulpe fine à l'aide de la râpe et que le jus extrait par des presses hydrauliques est soumis ensuite à de nombreuses manipulations, telles que la défécation avec de la chaux, la saturation par l'acide carbonique, la filtration sur du noir animal, l'évaporation, la cuite à l'air libre ou dans des appareils perfectionnés dans lesquels on fait le vide à l'aide de pompes et d'une injection d'eau froide, etc.

Le noir animal est un auxiliaire essentiel de la fabrication du sucre, il importe donc d'en connaître la valeur comme agent décolorant et absorbant. C'est pourquoi nous avons fait figurer sur un tableau la description sommaire, d'un procédé facile que nous avons indiqué en 1853, qui permet d'apprécier la valeur comparative du noir animal employé pour la décoloration et la purification des jus et de représenter cette valeur par des chiffres. En voici la reproduction :

DÉTERMINATION DU TITRE DU NOIR ANIMAL

UTILISÉ DANS LA FABRICATION DU SUCRE.

Ce procédé repose sur la propriété que possède le noir animal d'enlever à une dissolution de saccharate de chaux une quantité de chaux variable suivant la qualité de ce noir, son état de division, etc.

On a constaté que le *pouvoir absorbant* du noir pour la chaux est dans le même rapport que son *pouvoir décolorant* ; de telle sorte que le premier peut servir de mesure au second.

Voici comment on opère :

On commence par préparer une liqueur normale contenant 20 grammes d'acide sulfurique mono-hydraté par litre, puis une liqueur de saccharate de chaux saturant exactement la première, à volume égal.

Lorsqu'on veut faire une détermination, on prend 50 grammes du noir à essayer et un décilitre de dissolution de saccharate ; on les met en contact pendant une heure à une température d'environ 15° et on agite plusieurs fois pendant cet intervalle.

Ce temps écoulé, on filtre, on prend 50 centimètres cubes du liquide clair et l'on détermine à l'aide de la liqueur acide combien il faut de degrés de la burette alcalimétrique ordinaire pour en opérer la saturation, s'il en faut, par exemple,

40 divisions, on peut en conclure que 60 divisions ont été absorbées par le noir et qu'il titre par conséquent 60 degrés.

Nous avons utilisé pendant quinze années cette méthode dans une fabrique de sucre et nous pouvons affirmer qu'elle nous a rendu beaucoup de services, au point de vue de la régularité qu'elle nous a permis d'apporter dans les opérations. Aujourd'hui, du reste, dans le Nord de la France, elle est usitée par tous les fabricants soigneux de leurs intérêts.

EXAMEN DES PRODUITS EXPOSÉS.

NOIR ANIMAL.

M. F. Kuhlmann avait exposé du noir animal propre à la fabrication du sucre et du raffinage. Ces produits, d'une qualité supérieure, essayés par le procédé que nous venons de décrire, accusaient les titres suivants :

Noir fin (dit Noir d'ivoire)	95°
id. pour raffineries.	80 à 85°
Noir neuf en grains (tout venant). . . .	65 à 70°
id. en gros grains.	60°
Noir d'abonnement (1/5 neuf et 4/5 revivifié) .	45 à 50°
Noir revivifié.	40°

SUCRES.

M. Constant FiÉVET, à Masny.

Cet agriculteur, que nous avons eu l'occasion de citer précédemment, exploite aussi une fabrique de sucre dont la fondation remonte à 1836. Comme tous les établissements similaires, cette usine a traversé depuis cette époque les vicissitudes et subi les modifications que la science a apportées dans cette branche de travail; mais grâce à l'initiative et à l'intelligence de son propriétaire, elle est devenue une des fabriques les plus importantes de l'arrondissement de Douai et elle est munie aujourd'hui de tous les outils perfectionnés qui permettent d'obtenir du sucre blanc de premier jet, tels que chaudières tubulaires pour engendrer la vapeur, appareils de saturation, d'évaporation à triple effet, de cuite en grains, etc.

La sucrerie de Masny traite annuellement de dix-huit à vingt millions de kilos de betteraves et en retire :

10 à 12,000 sacs de sucre de 100 kilos chacun.
5,000,000 kilos pulpe de betteraves.
650,000 kilos écumes de défécation.

Les produits exposés par M. Constant FiÉVET étaient les suivants :

Betteraves à sucre.
Pulpe de betteraves.
Ecumes de défécation obtenues avec les presses-filtres.
Sucre blanc cuit en grains.

L'usine de Masny étant située au point culminant du
Fl.   M

domaine agricole, l'intelligent propriétaire a profité de cette position avantageuse pour utiliser directement en irrigations les eaux de lavages de la sucrerie et les résidus liquides qu'elle fournit en abondance. Cette importante amélioration a exercé sans doute une influence légitime sur les décisions du Jury qui, en 1863, a accordé à M. Constant FIÉVET, la prime d'honneur.

M. Edouard FIÉVET, à Sin-le-Noble.

A quelques kilomètres de l'usine de Masny, à Sin-le-Noble, est située une autre fabrique de sucre exploitée par M. Edouard Fiévet, frère du précédent.

Cet établissement est pourvu des appareils ordinaires destinés à l'extraction du sucre de betteraves, en même temps que des ustensiles et des locaux nécessaires au raffinage. On y produit directement du sucre en pain avec le sirop de la betterave, dans lequel on fait fondre du sucre brut acheté au dehors.

Les sirops de betteraves, dans lesquels s'opère le mélange, doivent être préparés avec le plus grand soin, afin de les obtenir aussi purs que possible et d'une limpidité parfaite. On les amène à la densité de 20 à 22 degrés Baumé, puis on y ajoute du sucre brut en proportion telle que la densité du sirop s'élève de 28 à 30° du même instrument. On clarifie, on filtre comme en raffinerie ordinaire, on obtient ensuite le sirop dit « clairce à pains » qu'on aspire dans l'appareil à cuire dans le vide. Le sirop amené à l'état de masse cuite est mis dans les formes et l'on fait subir à celles-ci les mêmes manipulations qu'en raffinerie ordinaire.

La proportion du sucre étranger qui entre ainsi dans le travail est à peu près de 40 pour cent de la production totale.

Les avantages de cette modification dans les opérations ordinaires des sucreries de betteraves résident surtout dans l'économie de combustible. Le sucre étant fondu dans les jus, on gagne les frais d'évaporation de l'eau qui est nécessaire pour clarifier le sucre brut dans le raffinage ordinaire.

Dans l'intérêt de l'agriculture et de l'industrie du sucre de betteraves, il serait à désirer que la création d'établissements analogues à celui de M. Ed. Fiévet fut sinon favorisée, au moins rendue possible, afin de multiplier la demande pour une marchandise dont le prix de vente est trop avili depuis quelques années. Malheureusement de déplorables dispositions fiscales s'opposent à la réalisation de ce progrès. Le fabricant raffineur, s'il n'obtient pas le rendement en sucre que des employés de la régie établissent chez lui, à l'aide de calculs plus ou moins sérieux, doit payer les droits sur les manquants qui résultent de ces évaluations. Faudra-t-il donc toujours que l'industrie soit entravée par des mesures inintelligentes et tracassières.

M. DELLOYE-LELIÈVRE, à Iwuy, près Cambrai.

Cette importante maison avait exposé du sucre blanc cuit en grains, d'une nuance éclatante et en cristaux nets et réguliers attestant une fabrication très-perfectionnée, aussi le Jury lui a-t-il décerné une médaille d'argent.

COMITÉ SUCRIER DE VALENCIENNES.

La collection des fabricants de sucre de Valenciennes et d'Avesnes, était la plus complète de notre Exposition. Elle renfermait des sucres raffinés, en pain et en cristaux, du sucre cuit en grains, dans le vide au filet, à l'air libre et de toutes nuances et qualités.

Les membres du Comité de Valenciennes, par un excès de scrupule, avaient cru devoir présenter les produits de leur industrie dans l'état où ils les livrent au commerce. Cette manière de procéder serait évidemment la plus rationnelle, si elle était suivie par tout le monde, mais elle expose les gens de bonne foi à occuper une position inférieure, du moment que des concurrents se présentent avec des produits qui ont subi des manipulations exceptionnelles.

Aussi le Jury chargé de l'examen des sucres, ne tenant compte que des produits exposés, n'a pas rendu au Comité de Valenciennes la justice qu'il mérite. Quoique nous ne soupçonnions nullement la compétence et l'impartialité des industriels qui le composaient, nous ne pouvons nous dispenser de faire remarquer que pas un seul fabricant de sucre français, ne faisait partie de cet aréopage et de signaler ce que cette exclusion a eu de désobligeant pour nos nationaux.

Il est plausible que si un ou plusieurs producteurs de sucre de betteraves appartenant à la France, avaient assisté aux délibérations du Jury, ils auraient pu introduire dans la discussion des éléments d'appréciation inconnus des jurés étrangers.

Ils auraient pu faire reconnaître que l'arrondissement de Valenciennes a été pour ainsi dire le berceau de l'industrie du sucre indigène et l'école où les praticiens de tous pays, notamment ceux de l'Allemagne, ont été puiser des leçons. Que la production du sucre s'est élevée dans cet arrondissement en 1866 à environ 30,000,000 kilos, soit approximativement à 15 pour cent de la production totale de la France. Que cette belle industrie y a perfectionné l'agriculture au point que le rendement des terres en froment, atteint souvent en moyenne de 27 à 30 hectolitres à l'hectare. Ils auraient fait envisager surtout que des industriels éminents et des savants distingués qui habitent ce pays ou l'ont habité , ont été les initiateurs ou les vulgarisateurs des meilleurs procédés de travail justifiés par la pratique et la théorie. Ils auraient compris enfin , que bien loin de mériter le reproche de rester stationnaires , ces laborieux pionniers de l'Industrie , toujours sur la brèche , n'ont rien perdu de leur ardeur toutes les fois qu'il s'agit de mettre en application une découverte scientifique qui leur paraît de nature à constituer un véritable progrès manufacturier.

MM. Hunet et C.ⁱᵉ, d'Etreux.

Sucre brut de betteraves , 1.ᵉʳ jet.
    id.   id.   2.ᵐᵉ jet.
    id.   id.   3.ᵐᵉ jet.

M. Jean-Baptiste Mariage , de Thiant.

Sucre brut 1.ᵉʳ jet — claircé.
    id.   id.   — non claircé.
    id.   2.ᵐᵉ jet.
    id.   3.ᵐᵉ jet.

Ces produits , quoique ayant été cuits à air libre , avaient une richesse de cristallisation , une blancheur qui annonçaient une fabrication soignée et conduite suivant les bons principes.

Aussi le Jury a-t-il décerné à M. Mariage une médaille d'argent.

DISTILLATION DES MÉLASSES
ET DES BETTERAVES.

La distillation des mélasses a précédé celle des betteraves. Dans l'origine de la création de l'industrie sucrière, ce résidu était sans emploi.

Un éminent chimiste « M. Dubrunfaut » a, le premier, tiré parti des mélasses, en les soumettant à la fermentation. Non-seulement il nous a appris comment on en fait de l'alcool, mais en évaporant le résidu de la distillation et en le calcinant, il a vu qu'on pouvait en extraire des sels de potasse et de soude et il a indiqué les procédés à suivre pour faire la séparation de ces sels avec avantage.

La fermentation des mélasses s'opère généralement de la manière suivante :

On commence par étendre la mélasse avec de l'eau, jusqu'à ce que le mélange ait une densité de 1055 à 1060 et une température de 22° en été, 24° en hiver. On y ajoute ensuite de l'acide sulfurique, puis de la levure de bière délayée au préalable dans de la dissolution de mélasse déjà étendue.

La quantité d'acide sulfurique que l'on emploie dans cette opération, varie suivant les vues de l'industriel. Par suite d'une longue pratique de cette industrie et d'expériences chimiques multipliées, nous avons adopté pour provoquer la fermentation des mélasses de betteraves, par 100 kilos de mélasse à 40 degrés B. :

1 kilo 500 de levure pressée. (*)

(*) D'après nos analyses, une bonne levure de bière desséchée au préalable à 110° contient :

Azote. . . . . 8,864 pour cent.

1 kilo 500 d'acide sulfurique à 66°.

Avec ces proportions, que nous avons rarement dû modifier, l'on obtient une fermentation régulière et un rendement maximum d'alcool bon goût.

L'acide que l'on emploie dans cette opération a non seulement pour but de saturer les bases, mais il faut encore qu'il y en ait un léger excès dans le moût pour opérer la transformation du sucre cristallisable en sucre déviant à gauche la lumière polarisée, état sous lequel le premier doit passer avant de se transformer en alcool. (*)

D'après nos recherches, on peut apprécier expérimentalement la quantité d'acide nécessaire pour opérer convenablement la transformation du sucre en alcool, il suffit de déterminer, à l'aide d'une liqueur alcaline titrée, l'acidité, avant la fermentation, du moût préparé, et celle du même moût lorsque la fermentation est terminée. (Il importe nécessairement que cette modification ait suivi son cours d'une manière régulière, car si le vin était devenu fortement acide, il y aurait

---

Acide phosphorique. 0,927   id.

Les cendres ne renferment qu'une très-faible proportion de chaux. Ce caractère, ainsi que nous l'avons fait observer il y a longtemps, est particulier encore au pollen des fleurs, à la liqueur séminale et à la laitance des poissons.

(*) Cette transformation préalable ne s'effectue pas *tout d'une pièce* au commencement de la fermentation, comme on pourrait le supposer, elle a lieu successivement et suit une progression dont les termes nous paraissent variables.

En examinant de deux heures en deux heures, à l'aide du saccharimètre du jus de betteraves en fermentation, nous y avons trouvé, à chaque observation, du sucre susceptible d'être interverti par les acides, c'est-à-dire du sucre de betteraves non encore modifié. Deux heures avant la fin de la fermentation, la quantité de sucre *interver-tissable* était encore fort sensible. Nous entrerons ailleurs dans plus de détails sur ce sujet.

alors dans les manipulations un vice qu'il faudrait rechercher).
La différence entre la seconde détermination et la première,
si elle est sensible, fait connaître la quantité d'acide sulfurique
qui équivaut à la proportion d'acides organiques formée. Il
suffit, dès lors, pour empêcher complétement ou à peu près
cette formation d'acides organiques, d'augmenter de cette
différence la dose primitive d'acide sulfurique destinée à
favoriser la fermentation.

Empêcher la production des acides organiques pendant la
fermentation, est une chose très-essentielle, car, non-seulement
ils se forment aux dépens de l'alcool et diminuent d'autant
le rendement, mais encore lorsque le vin est soumis à la
distillation, ces acides agissent sur l'alcool, produisent des
éthers très-volatils qui augmentent considérablement la
quantité d'esprit mauvais goût, qui coule au commencement
de la rectification. L'alcool bon goût lui-même n'est pas
parfait, il conserve une odeur piquante qui le fait rejeter par
les consommateurs.

On peut objecter évidemment que l'addition d'une quantité
un peu forte d'acide minéral dans le moût de mélasse, tend
à produire plus de sulfates et à diminuer d'autant la quantité
d'alcalis carbonatés dans les salins que l'on fabrique ultérieurement avec les vinasses résidus de la distillation. Cet
inconvénient est réel, mais il a peu d'importance du moment
qu'en prévenant la formation des acides organiques, on
obtient un rendement plus élevé en alcool et des produits
d'un goût plus recherché.

Aujourd'hui, beaucoup de distillateurs de mélasses ont
adopté la méthode de fermentation continue, c'est-à-dire qu'ils
versent graduellement le moût additionné d'acide et de levure
dans la cuve, après avoir mis dans celle-ci une certaine
quantité de vin prélevée dans une autre cuve en pleine fermentation.

La fermentation de la mélasse étant terminée, on procède à la distillation de l'alcool, puis à la rectification.

Les résidus de la distillation sont évaporés ensuite et incinérés dans des fours, on obtient ainsi un salin qui est gris, léger, poreux, lorsqu'il est bien préparé.

On peut évaluer approximativement que 1000 grammes de vinasses sortant de l'appareil à distiller, peuvent produire 27 à 28 grammes de salin brut, dont la composition varie suivant l'origine des mélasses.

Dans le tableau suivant, nous avons représenté des analyses de salin brut de mélasses, faites par différents chimistes ou par nous-même.

M.

COMPOSITION COMPARATIVE DES SALINS BRUTS EXTRAITS DES

MÉLASSES DE BETTERAVES.

	Allemagne	Puy-de-Dôme	Départem. DE L'AISNE	Département DU NORD
Carbonate de potasse.	43,71	55,82	45,30	30,37
Carbonate de soude. .	14,20	5,54	13,86	21,49
Chlorure de potassium	15,52	8,85	17,02	19,31
Sulfate de potasse. .	8,05	17,59 (2)	8,00	10,91
Eau , charbon , ma-tière insoluble. . .	18,52 (1)	12,20	15,82	17,92
	100,00	100,00	100,00	100,00 (3)

(1) Cette potasse brute était mal cuite ; elle contenait 12 % de charbon. Elle eut été nécessairement plus riche si elle avait été mieux incinérée.

(2) La proportion de sulfate de potasse ne dépend pas seulement de la betterave , elle varie, dans les salins, suivant la quantité d'acide sulfurique employée pour mettre les mélasses en fermentation.

(3) Les chiffres relatifs aux départements de l'Aisne et du Nord représentent les moyennes de plusieurs analyses.

Depuis une quinzaine d'années environ, la maladie du raisin a fait naître dans le Nord et dans d'autres départements, l'industrie de l'alcool des betteraves. C'est encore à M. Dubrunfaut, que l'on est redevable de la création de cette importante branche de travail national.

L'opération, par le procédé de ce savant chimiste, consiste à mettre en contact avec la betterave rapée, une dose d'acide sulfurique diluée dans de l'eau en proportion suffisante pour amortir les cellules et fixer les matières albumineuses dans la pulpe. On extrait le jus par les presses hydrauliques ordinaires, puis on complète l'acidulation. On soumet ensuite le jus à la fermentation continue, sans y ajouter de levure. La matière azotée de la betterave est suffisante pour continuer la décomposition du sucre en alcool, lorsque celle-ci a été provoquée d'abord par une certaine quantité de moût fermenté ou en fermentation, ou pour une première fois, par de la levure.

La proportion d'eau acidulée, doit être telle que le jus contienne trois millièmes d'acide sulfurique environ. La densité de ce jus pour obtenir un rendement maximum, ne doit pas dépasser trois degrés (1030).

On distille encore la betterave par le procédé de M. Champonnois. Ce procédé consiste, ainsi que tout le monde le sait, à réduire les betteraves en petites lanières à l'aide du coupe racines, puis à faire macérer celles-ci par voie méthodique, dans de la vinasse chaude résultant d'une distillation précédente. Ce procédé ne nécessitant qu'un outillage peu coûteux est généralement usité dans les distilleries agricoles. Il a rendu de grands services à l'agriculture, en vulgarisant la culture de la betterave.

PRODUITS EXPOSÉS.

Par MM. Mariage et C.ie, de Thiant,

Alcool de betteraves,
  id.   de mélasse.

Par MM. Hunet et C.ie, d'Etreux,

Alcool de betteraves,
Mélasse,
Alcool de mélasse,
Potasse brute de betteraves.

Comité de Valenciennes.

Alcool de betteraves (extra-fin),
  id.   de mélasse   (id.),
Potasse brute de betteraves.

Par M. Ed. Durin, de Steene (arrondissement de Dunkerque).

Ce distillateur a exposé divers produits riches en matières azotées, qu'il emploie dans son établissement pour provoquer la fermentation des mélasses de betteraves.

Nous nous contenterons d'indiquer la nature de ces produits, les personnes qui désireraient se renseigner sur la manière de les employer, pourront s'adresser à M. Durin lui-même, qui a le privilège de cette nouvelle application.

1.° Vinasses de betteraves desséchées.

Ces matières sont prises à mesure des besoins dans les bassins où elles se déposent lorsqu'on les a fait couler de l'appareil de distillation.

2.° Ecumes de défécation des fabriques de sucre.

Avant d'en faire usage, on les traite par l'acide chlorhydrique pour enlever la chaux qu'elles contiennent, puis on les soumet à la pression.

3.° Résidu glutineux de la fabrication de l'amidon par les procédés anciens.

Ces diverses substances sont utilisées depuis plusieurs années par M. Durin, pour obtenir une fermentation continue des mélasses. Le rendement en alcool est le même que lorsqu'on emploie, comme ferment, la levure de bière.

Afin d'encourager une application qui peut être avantageuse à l'industrie de la distillation, en lui fournissant à bon marché des ferments dont le prix est souvent excessif, le Jury a décerné à M. Durin, une médaille d'argent.

OBJETS DIVERS.

Pour terminer la tâche que nous nous sommes imposée, nous allons passer rapidement en revue les divers produits qui, se rattachant plus ou moins directement à l'agriculture, figuraient dans le groupe désigné sous le titre d'objets divers.

M. COSSET-DUBRULLE, à Lille.

Lampes de sûreté pour les fermes,
Transplantoirs.

M. SCALABRE-DELCOURT, à Tourcoing.

Sacs en laines, destinés à la fabrication du sucre et à l'extraction des huiles de graines.

M. H. FRANCHOMME, à Lille.

Huiles et graisses à l'usage des fabriques de sucre et des distilleries.

M. VANDEWALLE, de Berthen.

Ruches villageoises perfectionnées,
    id.   à hausses,
    id.   Normandes.
D'après la déclaration de ce cultivateur zélé, chaque ruche fournit de 6 à 8 kilos de miel.

MM. Désespringalle et Moreau, à Lille.

1.° Un certain nombre de produits chimiques dérivés de l'alcool de betteraves.

2.° Un laboratoire de chimie contenant les instruments et les réactifs nécessaires pour faire les analyses du noir animal, du sucre, des engrais, des terres, etc., en un mot, toutes celles qui intéressent l'agriculture et les industries qui en dépendent.

M. Rossignol-Lefebvre, à Lille.

Du sirop de groseilles.

Ce producteur a déclaré que ce sirop est fabriqué chez lui avec du sucre et des groseilles par des procédés qui en assurent la conservation. Cette circonstance est à noter, car il paraît que certains industriels produisent du sirop de groseilles qui ne contient ni sucre ni groseilles, mais uniquement de la glucose et de l'acide citrique.

M. Schouteten-Tiers, à Lille.

Une série de liqueur de diverses dénominations fabriquées avec de l'alcool de betteraves.

M. Humbert-Lerville, à Lille.

Produits successifs de la fabrication de la chicorée.

M. Léon Jean, à Maroilles.

Chicorée en poudre.

M. Ad. Bonzel, à Haubourdin.

Tuyaux de drainage,
Briques creuses,
Tuiles mécaniques,
Tuiles à murailles.

Cette maison livre à l'agriculture une grande quantité de tuyaux de drainage, dont l'emploi a pris chez nous une extention considérable depuis quelques années.

Les briques creuses sont d'un usage commode et économique à l'intérieur des habitations ; elles ne chargent pas les bâtiments et n'exigent que de légères charpentes ; les cloisons construites avec ces briques, ont l'avantage d'être complétement exemptes d'humidité. Elles sont très-avantageuses pour la construction des fermes, dont les murs, trop souvent salpétrés, sont une cause d'insalubrité pour les hommes et pour le bétail.

Les tuiles mécaniques forment une couverture agréable à la vue. Solidement agencées les unes dans les autres par des rainures, elles résistent à l'action des coups de vent. Elles sont avantageuses pour les exploitations éloignées, parce que n'étant pas reliées entre elles par du mortier, elles n'exigent pas ces réparations fréquentes auxquelles sont assujetties les toitures ordinaires.

Les tuiles à murailles se posent sur le faîte des murs, et forment une voûte à travers laquelle l'air peut circuler, ce qui préserve ces murs contre l'humidité.

LISTE DES EXPOSANTS

du Département du Nord

récompensés par le Jury international

(Agriculture et industries qui en dépendent)

CLASSE 43.

Médailles d'or.

Jean Dalle, cultivateur et fabricant, à Bousbecques, lins bruts, rouis, teillés et peignés.

Despretz, à Capelle, graines de betteraves à sucre, grande production.

Fiévet, à Masny, collection de produits agricoles.

Dantu-Dambricourt, à Steene, collection de produits agricoles.

Vandercolme, à Rexpoëde,   id.   id.

Gustave Hamoir, à Saultain,   id.   id.

Médailles d'argent.

Lecat–Butin, Bondues, lins teillés et peignés.

Bieussart, à Saint–Amand, lins bruts et rouis.

Marchand frères, à Dunkerque, huiles et tourteaux.

Durin, à Steene, ferments nouveaux.

Comice agricole de Bourbourg, collection de produits agricoles.

Comice agricole de Saint-Amand,   id.

Comice agricole d'Hazebrouck,   id.

Edouard Harnoir à Saultain,   id.

Médailles de bronze.

Bouillez, à Merville, lins bruts et rouis.

Massard, à Ferin, lins bruts et préparés.

Mairesse, à Catillon, lins et fourrages.

François, à Catillon, lins filés et peignés.

Dugardin frères, à Saint-Amand, chanvre brut, teillé et peigné.

Simon, à Auchy, graines et racines de betteraves.

De Meunynck, président de la Société d'Agriculture de Bourbourg (coopérateur).

Mentions honorables.

Marquant, à Gondecourt, lins.

Bourelle, à Stenwoorde, houblons.

Coget-Delecroix, à Phalempin, produits divers agricoles.

CLASSE 50.

Médaille de bronze.

Scalabre-Delcourt, à Tourcoing, sacs pour presses à betteraves.

CLASSE 67.

Médailles d'or.

Département du Nord , collection de céréales.
Leconte-Dupont et fils , à Estaires , fécules et amidon.

CLASSE 72.

Médailles d'argent.

Delloye-Lelièvre, à Iwuy , sucre de betteraves.
Mariage et C.ie, à Thiant ,   id.

Mentions honorables.

Lerville–Humbert, à Lille , chicorée.
Obez , à Douai , sirop de Calabre.
Rossignol-Lefebvre , à Lille , sirops.
Fiévet frères , à Sin , sucres bruts de betteraves.

Lille. Typ. Blocquel-Castiaux, Grande Place, 13

TABLE DES MATIÈRES

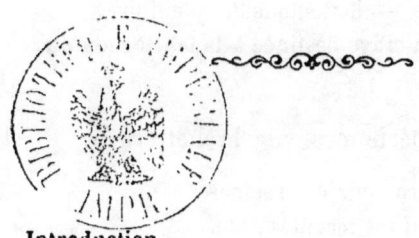

Examen des produits et des documents exposés

FIN DE LA TABLE.

Lille, typ. de Blocquel-Castiaux, Grande Place, 13.

www.ingramcontent.com/pod-product-compliance
Lightning Source LLC
Chambersburg PA
CBHW050359030726
47503CB00006B/1935